怪談5分間の恐怖

人形の家

中村まさみ

親による子殺し、子による親殺し、無差別殺人、親や身内による虐待死《ぎゃくたいし》……。
なぜ、人の世はここまですさんでしまったのでしょう。
人の心にひそむ闇《やみ》が、日を追うごとに深くなり、
それまではあたりまえであったはずの感情を無にしてしまう。
そんな闇《やみ》におかされそうな世の中に、一筋《ひとすじ》の光が届《とど》いたなら……。
自らの存在《そんざい》こそが奇跡《きせき》であり、それは〝いまを生きたかった〟人々の上に存在《そんざい》する。
怪談《かいだん》というツールを用いて、
ほんの一瞬《いっしゅん》でも命の尊厳《そんげん》・重さ・大切さを感じてもらえたなら……。
そんなことを思いながら、
これからわたしが体験した〝実話怪談《かいだん》〟をお話ししましょう。

怪談師《かいだんし》　中村まさみ

もくじ

たたみ　6
午後四時に見ると死ぬ鏡　10
出るアパート　16
キハ22の怪《かい》　28
フクロウの森　33
拾ったソファー　50
地蔵《じぞう》　61
事故　65
虫の声　71
わしゃわしゃ　88
上から見てる　95
真冬の海岸　104

追ってくる 109
わたしが心霊《しんれい》スポットへ行かない理由 113
ヘビの話 125
子ども用プール 127
呪《のろ》いのターコイズ 131
乗ってる…… 137
情けが仇《あだ》 140
生霊《いきだま》 153
舌打ち 160
喪服《もふく》の男 171
大きな顔 177
凧《たこ》 185
たんす 190
池袋《いけぶくろ》の少年 204
必ず転ぶトイレ 206
頭骨《とうこつ》の授業 212
となりの住人 224
床上浸水《ゆかうえしんすい》 228
人形の家 233
青山という男 243
生きろ 249

たたみ

友人・東《ひがし》の家に、遊びに行ったときのこと。

「ちょっと、タバコ買ってくるから、待ってて」

そういって、東《ひがし》はコンビニへと出向いて行った。

それから五分もたったころだろうか。


ゴスッ！


閉《し》め切ったとなりの部屋から、異音《いおん》がした。

（なんだ……？）

わたしが聞き耳を立てると、音は、はたと止《や》む。

気のせいだと自分にいい聞かせ、テレビの画面に見入っていると、また……

ゴスッ!!

いいかげん、うとましくなってきたので、となりの部屋へと続く、ふすまを開けてみた。
すると、すぐ目のまえから

ゴスゴスッ!

これには、さすがに「うわ……」と声が出た。
いったいなにが鳴っているのかと、暗闇《くらやみ》に向け、目をこらしていると、今度は……

ズッズッズッ!

という重い音。

そして、その音の発生源《はっせいげん》も確認《かくにん》できた。

それは、目のまえにある、たたみからだった。

部屋のほぼ中心あたりに、十文字になっている、たたみの合わせ目がある。

どうやら異音《いおん》は、そのあたりから聞こえてくるようだ。

二、三歩近付いて、その合わせ目を足でふんでみよう……そう考え、わたしが歩み寄ろうとした、そのとき。

ゴスッ!!


一段《いちだん》と大きな音がして、合わせ目にある一枚《まい》が、数センチほど、うき上がった。

「うわわっ!!」

そうさけんで、リビングへとあとずさる。

角がうき上がったたたたみは、それ以降《いこう》、そのまま静かになった。

ほどなく、玄関《げんかん》が開く音がして、東《ひがし》が帰ってきた。

「いやあ、悪い悪い……ってか、そこでなにしてんの？」

それには答えず、ただだまって、わたしは、うき上がったたたたみを指さした。

「ああ、これな。たまあに、うき上がってくるんだわ」

東《ひがし》はそういうなり、それを足でドスッとふみこんだ。

それ以来、東《ひがし》の家には行かないことに決めたわたしだ。

午後四時に見ると死ぬ鏡

「学校の怪談《かいだん》」というと、すぐに思い出される話が、いくつかある。

今回は、その中でも、こわさでは上位に位置する、〝鏡〟に関する話を書く。


友人・田柄《たがら》は、わたし同様、なんどか転校をくり返している。最初の転校は幼稚園《ようちえん》のとき。

その幼稚園《ようちえん》は、小学校の中に併設《へいせつ》されており、運動会や遠足などは合同で行われていた。

校庭で遊んでいると、よく小学校のお兄ちゃんやお姉ちゃんたちが、園児にいろいろ話しかけてくるのだが、そのほとんどが、「こわい話」。

小学生たちの話は、生まれてから、まださほど人生を歩んでいない、幼気《いたいけ》な園児たちを、心底こわがらせるには十分だった。

その中のひとつが、この「午後四時に見ると死ぬ鏡」の話だった。

その小学校には、ある階段《かいだん》のおどり場のかべに、巨大《きょだい》な「姿見《すがたみ》」があった。大きさは、たたみ二枚《まい》分くらいというから、一八〇×一八〇センチメートルほどだろうか。低学年の子なら、三、四人が並《なら》んで十分映《うつ》る大きさだった。

よく女の先生が立ち止まっては、髪形《かみがた》などをチェックしていたという。

その「姿見《すがたみ》」のまえに午後四時に立つと、死んだ学校用務員さんが鏡の中から現れ、腕《うで》を引っ張って連れて行かれる……というのが、代々その学校に伝わる「学校の怪談《かいだん》」だった。

田柄《たがら》が通っていたのは高度成長期。全校生徒が千人をこすマンモス校で、階段《かいだん》も複数箇所《かしょ》に設置されていた。

問題の姿見《すがたみ》は、各階のおどり場にあるわけではなく、偶数《ぐうすう》階に設置している階段《かいだん》もあれば、奇数《きすう》階に設置している階段《かいだん》もある。

その中のどれが〝見てはいけない鏡〟なのか、田柄《たがら》にはわかろうはずもない。当時、幼稚園《ようちえん》児《じ》であった田柄《たがら》たちにとって、これほどこわい話はない。

幸いにも、幼稚園《ようちえん》は一階にあったため、卒園するまで、階段《かいだん》を上り下りすることはなかった。

やがて小学校へ入学。

そのころには、姿見《すがたみ》の話などすっかり忘《わす》れて、田柄《たがら》は、新しい友だちと毎日を楽しく過ごしていた。

学年も上がり、音楽や理科、家庭科など、教室を移動する授業が増え、あたりまえのように階段《かいだん》を使うようになる。


そんなある日のことだ。

その日は図書委員会があり、三階の図書室で本の整理などをしていて、田柄《たがら》は下校するのが、すっかりおそくなってしまった。

急いで帰ろうと、ランドセルを背負《せお》い、階段《かいだん》を大あわてで下りていく。

すると、とつぜん。

「こんな時間まで、なに遊んでるんだ！」

しゃがれた男の人の声で、背中《せなか》ごしに、どなられた。

びっくりして田柄《たがら》がふり返ると、そこには用務員のおじさんが立っている。

ふだんは物静かな人で、この用務員さんが声をあらげた姿《すがた》は、一度も見たことはなかった。

それがいまは、目を大きく見開き、口をゆがめ、顔を真っ赤にして、目のまえに仁王立《におうだ》ちしている。それも「姿見《すがたみ》」のまえで……。

「まったく、こんな時間まで遊んでおって！」

用務員さんは、再度、田柄《たがら》にいった。

「ち、ちがいます……図書委員の仕事が……」

田柄《たがら》の言葉をさえぎって、用務員さんがどなった。

「うそをつくな！」

「うそじゃないです！　本当なんです」

「うそつくなといっとるんだ！」

そこから「うそだ」「うそじゃない」と、おし問答をくり返し、そうこうしているうちにも、じょじょに日がかげっていく。

「うそばっかりつきやがって！　ちょっとこい！」

用務員さんは大声をあげ、田柄《たがら》の腕《うで》をつかみ取ろうとした。

「ちょっと！　やめてください、なにするんですか！」

そうさけんで、田柄《たがら》が必死の抵抗《ていこう》をしたときだった。

「どうしたの？　ずいぶん、おそいじゃないの」

田柄《たがら》のうしろで、別の男の人の声が聞こえた。

ふり向いた先に立っていたのは、いつもの用務員のおじさんだった。

「え……」

田柄《たがら》をはさんで、そこにはふたりの用務員さんがいる。

目のまえでなにが起こっているのか、まったく考えが追いつかず、田柄《たがら》は、ただただその場に立ちつくしていた。

すると、あとからきた用務員さんが、静かに「姿見《すがたみ》」の方を見る。

「……もうだいじょうぶだよ。心配いらないからね」

そういって、「姿見《すがたみ》」の方へと歩いていった。

田柄《たがら》は依然《いぜん》、固まったまま、目だけで用務員さんの姿《すがた》を追う。

「もう、『これ』には、なにもさせないからね。こわかったね……」

その言葉を聞いた田柄《たがら》は、ろくにあいさつもしないまま、用務員さんの横を走りぬけた。

玄関《げんかん》に向かって走りながら、用務員さんが気になって、つい、うしろをふり向くと、いつもの用務員さんは、「姿見《すがたみ》」のふちをゆっくりとさすっている。

怒《おこ》った方の用務員さんは、鏡の中から、田柄《たがら》をじっと、にらみつけていたという。

それ以来、田柄《たがら》は、その階段《かいだん》を使うことはなかった。

それと同時に、優《やさ》しかったいつもの用務員さんの姿《すがた》も、校内で見かけることはなくなった。

しばらくして田柄《たがら》は、親の転勤《てんきん》のため転校した。

優《やさ》しい用務員さんが校内でたおれているのを、朝いちばんに登校した先生が見つけて、用務員さんは病院に運ばれた……という話を、ずいぶんたってから聞かされたという。

しかし、用務員さんが、どこでたおれていたのか、その後どうなったのかは、いまでもわからぬままだ。

出るアパート

いまから、数年まえのこと。

わたしの遊び仲間である仲井間《なかいま》から、こんな話を聞いた。

「一軒《けん》の古びたアパートがあるんだが、その二階の一室に、女の幽霊《ゆうれい》が出るんだ。その話は近所では有名な話でな……。建物が老朽化《ろうきゅうか》していることもあって、新しい入居者が見つからないんだ。

いっそのこと、そういう事情を喜んでくれるような、奇抜《きばつ》な人はいないかねぇ……」

仲井間《なかいま》は不動産業を営んでいる。

本来は豪勢《ごうせい》な分譲《ぶんじょう》マンションや、高級注文住宅《じゅうたく》を専門《せんもん》にしているのだが、賃貸住宅《ちんたいじゅうたく》を専門《せんもん》にあつかっている同業の友人と飲んだときに、その物件の相談を持ちかけられたのだという。

「どうだ中村、おまえ、少しの間、住んでみないか？」

「ばっか！　なんでおれが！」

「だっておまえ、怪談会《かいだんかい》やったりしてるんだろ？　いいネタが拾えると思うぞ」

「あのな、おれは自ら、そういうところへは好んで近付かないの。第一、まじでお出ましになったら、おれは気を失うわ！」

その日は、そんなやり取りをして別れた。

酒の席だったし、わたしとしては、仲井間《なかいま》は酒のさかなにこんな話をした……くらいにしか思っていなかった。


ところが、その一週間後、また仲井間《なかいま》から電話がかかってきた。

「もしもし、おれおれ！　今日の午後、ちょっと会えないかな……？」

待ち合わせ場所に行ってみると、仲井間《なかいま》はすぐさま、あの話を切り出した。

「いやあ、実は、この間、飲んだときに話した、例の物件な」

「例のって？　あの出るっていう、古いアパートのことか？」

「そうそう！　実はあれ、地ベタ（土地）こみで売れそうなんだよ！」

「おお！　そりゃ、よかったじゃねえの」

「いや、それがな……」

と仲井間《なかいま》は、そのアパートの話を始めた。

購入《こうにゅう》を希望したのは、世田谷《せたがや》の一等地でシステムエンジニアリングの会社を営む、青年実業家だという。

彼《かれ》は〝神も仏もこの世にはない。信じられるのは、自分と金だけ〟という信念の持ち主で、その安価な物件に、食いついたらしい。

仲井間《なかいま》が続ける。

「ところがよ。そんな彼《かれ》も『風評』には敏感《びんかん》なんだわ」

「風評？　つまり幽霊《ゆうれい》のうわさのことか？」

「そうそう。神も仏も信じないというわりには、変に『げん』を担《かつ》ぐ男でな。だから、新たにスタートするオフィスに、おかしなうわさが立っては困《こま》る……と」

「それで……？」

わたしは、なんだかいやな予感がしてきた。

「おれも、軽く返事しちまってさ……いまとなってはだな、その……」

「だから！　なんなんだ？」

「こんなことに巻《ま》きこんじまって、おまえには、ほんっとに、すまないと思ってる」

すでに、わたしは巻《ま》きこまれているらしい。わたしは、仲井間《なかいま》をにらんでいった。

「はっ？　なんか、安うけ合いしてきやがったな！」

「はは……」

「はは、じゃねえ！」

「おれにな。おれに……その物件の問題の部屋に泊《と》まって、真偽《しんぎ》のほどを確認《かくにん》してこいと……」

まぁそういうんだわ……あはは。

それでな、まぁ、おれもひとりじゃこわいし、うちの若《わか》いもんをひとり連れてだな……」

わたしはほっとした。

「よかったぁ。おれに同行しろって話かと……」

「おまえにも、いっしょにきてほしいんだわ」

結局、いっしょに行くことになった。

現地に着いてみると、建物自体は思っていたほど、荒廃《こうはい》したものではなかった。

ただ昭和の香《かお》りがただよう、昔の刑事《けいじ》ドラマで、犯人がかくれているような、そんな感じの建物だ。


ギギィィイイイイイ……


共同玄関《げんかん》のドアを開ける。

ちょうつがいが、怪談《かいだん》イベント用に録音しておきたいような、定番中の定番の音を発する。

昔のアパートスタイルの特徴《とくちょう》ともいえる、広めに造られた玄関《げんかん》でくつをぬぐ。

木の床《ゆか》に一歩上がると、これもまた〝ミッシ　ギッシ〟と鳴りひびく。

「問題の部屋は上なんだが……」

「『問題』いうなっ！」

仲井間《なかいま》の言葉を、わたしは即座《そくざ》にさえぎった。

大の男三人で、息をひそめてろうかを歩く。

はたから見れば、ものすごい間ぬけな三人に見えると思うが、我々《われわれ》はすこぶるまじめだった。

「そこそこ、ほれ、その階段《かいだん》を上るんだ」

仲井間《なかいま》のさす方を見ると、〝いかにも〟という、木の階段《かいだん》がある。


ギシイィ……ミシミシッ……ギシッ……ギシィ……パキイッ……

ミシッ……ギシッ……ギシギシ……ギギィィ……


と、そのときだった。

「なにしてるんです!?」

「うわあああああああああっ!!」

とつぜん声をかけられ、三人が、いっせいにさけぶ。

見ると階段《かいだん》のすぐ横にある一室のドアが開き、中から若《わか》い女性が顔をのぞかせている。

「びっ、びっ、びっくりしたぁ!」

わたしは本当に心臓《しんぞう》が止まるかと思った。

「ああ、すみません。なんか人の気配がしたもんだから……」

「いやいや、こちらこそすみませんね。なんでもありませんから。ご心配かけました」

仲井間《なかいま》がそういうと、その女性はけげんな顔をしたまま、部屋の中に引っこんだ。

「まったく！　住んでる人がいるならいるで、初めにいえよっ！」

わたしは、もうだれも住んでいないものと思いこんでいた。

「悪い悪い！　元々おれの持ち物件じゃないもんだから、そのへんの事前情報が不足してた」

なんとか、二階のろうかにたどり着き、一行は建物のさらにおくに向けて、歩を進める。

窓《まど》のたぐいがいっさいなく、まるで洞穴《ほらあな》のようだ。

「うん、ここだ、ここだ」

そういうなり、仲井間《なかいま》はポケットから一本のかぎを取り出し、昔ながらの〝かぎ穴《あな》〟に差しこんだ。

〝ガチッ〟というかたい音がして、ドアが数センチこちら側に開いてくる。

ドアを開け放ったとたん、なんともいえない、カビくささが鼻をついた。

部屋に入り、とりあえず窓《まど》を開けて、空気の入れかえをする。しかし、そのにおいは、なかなか消えることなく、なんとも陰鬱《いんうつ》な雰囲気《ふんいき》の部屋だった。

「いまが……十時だから、とにかくばか話でもしながら、夜が明けるのを待とう」

仲井間《なかいま》が提案する。

「いつまでいるつもりなんだ?」

わたしは仲井間《なかいま》にたずねた。

「まぁ……朝六時くらいで、いいんじゃねえかな。とりあえず、外が明るくなったら引きあげようや」

「こういう場合の、おれのギャラは高いからな」

「わかったわかった。ちゃんと、うめ合わせはするからさ」

それから三人は、寝転《ねころ》んだりあぐらをかいたりしながら、くだらない世間話と、車の話とで時間をつないだ。

ふと外を見ると、東の空がじんわりと明るくなりかけている。

もうちょっとで〝ばつゲーム〟から解放される。そう思いながら、仲井間《なかいま》を見ると、難《むずか》しい顔をして、なにかを考えているようす。

「どうした？　難《むずか》しい顔して」

「ん？　ああ、いやいや。なんでもないよ。それより、そろそろ引きあげようか」

「まだ五時半だが……」

予定していた時間まで、まだ三十分ほどある。

「そうだけど、外はぼちぼち明るくなってるし、もういいだろ」

仲井間《なかいま》がそういうのだから、わたしに反論《はんろん》する理由など、ひとかけらもない。

その日の〝出る部屋でのお泊《と》まり会〟は、それで終焉《しゅうえん》をむかえた。

三日後、仲井間《なかいま》から、わたしの携帯《けいたい》電話にこんなメールが入った。

〈中村。この間はありがとう。あの物件の契約《けいやく》は、キャンセルになったよ〉

わたしはおどろいて、すぐに仲井間《なかいま》に電話したが、一向につながらない。

会社の方に電話すると、社員におどろくべきことをいわれた。

「社長は体調不良により、自宅療養中《じたくりょうよう》です」

「体調不良？　いつからです？」

「先日××区のアパートに泊《と》まった、翌日《よくじつ》からです」

ただならぬものを感じたわたしは、すぐに仲井間《なかいま》の自宅《じたく》へ向かった。

呼《よ》び鈴《りん》をおすと、仲井間《なかいま》のおくさんが顔をのぞかせる。

「まあ、ようこそ。どうぞ上がってください」

「あいつはどうしてますか？」

「それが……あたしにも、なんだかよくわからないんです。いま呼《よ》びますから、ちょっとお待ち願えますか」

リビングに置かれたソファーに腰《こし》を下ろし、〝具合が悪い仲井間《なかいま》〟が現れるのを待っていた。

（よくわからない……？　やっぱり、あの部屋で、なにか食らったんだろうか……？）

そんなことを考えながら、なに気なく、テーブルのすみに視線《しせん》を移したときだった。

〈××区○○町△△荘《そう》　売買契約書《けいやくしょ》〉

そこに置いてあるのは、あの〝出る〟アパートの売買契約書《けいやくしょ》に他《ほか》ならなかった。

わたしはそれを手に取り、表紙をめくってみる。

「なっ！　うそだろっ!?」

［売買物件現状］
家屋解体まえの状況《じょうきょう》にあり、電気を除《のぞ》く、水道・ガスは閉栓《へいせん》、三年まえより現在におよぶ居住者なし。

「居住者なし……三年まえより……って、なんだこれ!?」

「見たか……それ」

気が付くと、そこに仲井間《なかいま》が立っていた。

「だっておまえ、あのとき、一階の……」

「あの部屋なんだってさ」

「えっ？」

「『問題の部屋』は二階じゃなく……一階のあの部屋なんだと……」

そうなのだ。

実は仲井間《なかいま》が聞きちがいしていたらしく、「幽霊《ゆうれい》が出る」といううわさがあるのは、まさにあのとき、女性が顔を出した、一階のあの部屋だったのだ。

近年にはめずらしく、〝まともに見ちゃった〟一例として、ここに記述しておく。

キハ22の怪《かい》

最近になって、一九八〇年代の名作テレビドラマ『北の国から』を最初から見直している。ドラマの舞台《ぶたい》である富良野《ふらの》には、元々友人が多いこともあり、さまざまな時代背景《はいけい》を直接的に感じられるのがうれしい。そして、ふとある日のことを思い出した。


わたしがまだ、高校一年生だったころのこと。

北海道の根室《ねむろ》本線富良野《ふらの》駅のとなりに、〝布部《ぬのべ》〟という小さな駅がある。ドラマを見たことのある方ならわかるかと思うが、草太が、毎日雪子を待ち続けた、あの小さな駅だ。

わたしは布部《ぬのべ》に住む、友人・牧野《まきの》の家に一泊《ぱく》し、翌朝《よくあさ》早くから、牧野《まきの》とふたりで近くの渓流《けいりゅう》へ釣《つ》りに出かけた。

周囲の山々が、すばらしく紅葉《こうよう》している。釣果《ちょうか》もそこそこで、ヤマメやイワナが結構な数、釣《つ》れたように記憶《きおく》している。

日が落ちるころ、釣《つ》り道具を担《かつ》いで、牧野《まきの》の家へもどり、釣《つ》った魚を焼いてもらった。

翌日《よくじつ》は学校があるため、その日は、夜九時くらいの列車に乗らなくてはならない。わたしは、牧野《まきの》の親父《おやじ》さんに布部《ぬのべ》駅まで送ってもらい、列車に乗りこんだ。

乗客はわたしの他《ほか》にはだれもおらず、二両編成のローカル線を、ひとりじめの状態だった。

車両はキハ22形気動車。動力はディーゼルエンジンで、うるさいトラックのような音をさせて走る。

ホームで手をふる、牧野《まきの》と親父《おやじ》さんに別れを告げ、古い列車はゆっくりと動き出した。

函館《はこだて》本線に乗りかえるため、わたしは、いったん滝川《たきかわ》という駅へ向かわなければならない。

布部《ぬのべ》を出発し、となりの富良野《ふらの》、そのとなりの島ノ下《しまのした》に着いても、乗客は、だれひとりとして乗りこんではこなかった。

ガタンガタンと大きな音をさせる台車、ディーゼル特有の油っぽいにおい。

車内の照明は、天井部《てんじょうぶ》に点々と取り付けられた、うす暗い電灯のみだった。

この車両は、自分が生まれるまえから走っているのだろう、そんなことを考えた瞬間《しゅんかん》だった。

ガ……ガァーッ

まえの車両との間の貫通《かんつう》とびらが開き、ひとりの老人が、こちらに向かって歩いてくる。

(あれっ？　いつの間に乗ったんだろう？)

異様《いよう》によたよたとした足取りで、老人がゆっくりと近付いてきた。


あ……ぁ……はぁ……はぁ、あ……ぁ……ぁ……はぁ、はぁ

苦しそうな息づかいと、〝ズズッ……ズズッ……〟という、なにかを引きずるような音。

それが、いま、まさにわたしの真横を通り過ぎようとしている。

とてもではないが、直視《ちょくし》することなどできようはずもなく、一刻《いっこく》も早く通り過ぎてくれるこ

とを祈《いの》るのみだった。

すると今度は、わたしが座《すわ》っている背《せ》もたれに、背後《はいご》からずしっとした感触《かんしょく》が伝わってきた。

(な、なんで、じいさん、わざわざ、おれの真うしろに座《すわ》るんだよっ!)

とてつもない嫌悪《けんお》を感じたわたしは、横に置いてあったバッグを持つと、だれも乗っていないとなりの車両へ移ることにした。

あみだなに上げてある、もうひとつの荷物を降《お》ろそうと、立ち上がったときだった。


ううわあぁはぁあぁぁぁ……ううわぁぁはあぁぁえぇぇぇ……


それまでの声とは、比べものにならない大きな声で、老人がうなり声を上げた。

同時に感じた、異様《いよう》なにおい……。

それはまさしく、〝死んだ動物〟から発せられる腐乱臭《ふらんしゅう》のようで、思わず胃の中のものが逆流する危険《きけん》を感じ取った。

わたしは急ぎ足で貫通《かんつう》とびらへと向かい、横開きのとびらを開けようと、ノブに手をかける。

（……ん……？）

貫通《かんつう》とびらのガラスに、なにかが映《うつ》っている。

先ほどまでわたしが座《すわ》っていた、座席《ざせき》の背《せ》もたれ付近から、なにかが顔をのぞかせているのが見える。

思わず、わたしはふり向いた。しかし、そこにはなにもなく、ただ列車のエンジンと車輪の音だけが、ゴウゴウとひびいているだけだった。

なんとか、まえの車両に移ったわたしではあったが、実はあることが気になり出していた。

（あのじいさんのこと、こわいこわいと変に考えてしまったが、もしかしたら本当に具合が悪いのかもしれない。もしそうなら……）

そう考えるといても立ってもいられず、意を決して、うしろの車両へと引き返す。

ところが……だれもいない。だぁれもいなかったのだ。

その後、牧野《まきの》や富良野《ふらの》近辺の知人たちにいろいろ聞いてみたが、それらしきうわさを聞くことはできなかった。

あの老人がいったいなんだったのかは、いまだに不明のままだ。

フクロウの森

青木ヶ原《あおきがはら》は自殺の名所として知られるが、貴重《きちょう》な自然が残る国立公園の一部であり、ヤマネやフクロウなど、多くの動物が生息している。最近ではネイチャーガイドについて回る、ガイドツアーも実施《じっし》されているほどだ。国の天然記念物であり、林道をはずれての入林は禁止されている。

もう数十年まえのことになるが、友人・鎌田《かまた》のさそいで、青木ヶ原樹海《あおきがはらじゅかい》へフクロウを見に行ったことがある。いや、〝連れて行かれた〟という方が、正しい表現かもしれない。

とちゅうで弁当を買いこみ、現地に着いたのは、二十二時を少し回ったあたりだった。

「フクロウは、すごく警戒心《けいかいしん》の強い鳥だからな。個体の近くまで行くことができたとしても、しばらく身をひそめていないと……」

鎌田《かまた》のアドバイスが入る。

「しばらくって？」

「場合によっては三十分」

以前、鎌田《かまた》と話した折に、「おれはフクロウが好き」と、軽い気持ちでいったのが、こんな結果になってしまった。

鎌田《かまた》とは元々サバイバルゲーム仲間であり、今夜も、ふたりそろいもそろって、さながら野戦部隊のような装備《そうび》をしている。

暗い中でも見ることのできる、暗視《あんし》ゴーグルを装着《そうちゃく》し、漆黒《しっこく》の森へと入っていく。

「なるべく枝を折らないように、土や岩が出たあたりを、くつでふむんだぞ」

フクロウ観察のベテラン・鎌田《かまた》から、またもや指導が入る。

「めんどくせーな！」

わたしが適当な返事をすると、鎌田《かまた》が環境《かんきょう》保護の持論《じろん》を語り出す。

「めんどくさいとはなんだ!?　そもそもおまえは環境《かんきょう》保護って観念をだな……」

「だーっ、わかったわかった！」

鎌田《かまた》の説教を軽く流しながら、初めのうちは遊歩道を進み、しばらく行ったあたりで、いよいよ森へとふみ入る。

そこから少し歩いたあたりで、空気が変わるのがわかった。夏はすぐ目前まできているというのに、外界から拒絶《きょぜつ》された空間ともいえるこの場所は、寒々としている。

暗視《あんし》ゴーグルを通して、緑色に映《うつ》し出された足元を確認《かくにん》しながら、おそるおそる歩を進めていく。不意にまとわりつくクモの巣や、枯《か》れ枝が、まるで行く先をはばむかのように、我々《われわれ》にちょっかいを出す。

「うえ、ぺっぺっ！　まぁた、クモの巣が……」

とわたしがいった、そのときだった。

ホッホッ……ホッホッ……

「しっ！　止まれ！」

鎌田《かまた》が周囲をうかがいながら、くちびるに指をあてていう。

「い、いまのが？」

「ああ、まちがいない。結構近いぞ」

鎌田《かまた》は、興奮《こうふん》した口調でささやくと、耳に手をそえながら、やや右の方向に進路を取った。

「フクロウはな、羽音をさせずに飛ぶんだ。だからにげられると、そのあとを追うのが困難《こんなん》なんだよ」

小声でそんなことをわたしに説明しながら、そこから十数メートルほど行ったあたりで、先を歩いていた鎌田《かまた》が、ふと足を止めた。

「ど、どうした？　見つけたのか？」

「……」

鎌田《かまた》から返事がないところを見ると、ターゲットを見つけたか、それともにげられたか、どちらかだろうと思っていた。

そのどちらなのか、わたしは、ゴーグルごしの〝闇《やみ》〟にうかぶ木々に、じっと目をこらした。

「中村」

「ん？　なに？」

「変なことをいうがな、さっきから……なんだか、におわんか?」

実は先ほどから、少なからず、わたしも気にはなっていた。

それは、長年積もった、落ち葉と土とが混じりあった腐葉土《ふようど》のような、山のにおいとでもいおうか、そんな感じだったが、鎌田《かまた》にはちがったようだった。

「そんなんじゃねえぞ。ほら、ちょっとこっちきてみ……な? これ、わかるか?」

そういわれて、立ち位置を変え、わたしは、二、三歩、まえへふみ出してみた。

土のにおいに混じって、どこからともなく、ただようこのにおい……。

「かっ、かっ、鎌田《かまた》っ! これはっ!!」

「やっぱり、おまえもそう思うか……」

それは、まぎれもなくあのにおい……人の腐乱《ふらん》したにおいに、他《ほか》ならなかった。

「もっ、もどろう! なっ!」

わたしは、あわてて鎌田《かまた》にいった。

「……そうだな。しかしフクロウはどうす……」

「そんなもなぁ、またいつでも、見にこられるじゃねえかよ! それよか、このまま進んで、くさった仏さんにでも出くわしてみろ！　その先なにがあるか、わかったもんじゃねえぞ！」

元々、ここは青木ケ原樹海《あおきがはらじゅかい》。予想はできた事態だが、まさか、こんなにすぐに、〝らしいもの〟に出くわすとは、思ってもみなかった。

「それは非常に困《こま》るな。よし、もどるか」

鎌田《かまた》がいい、そうと決まると、すぐに、いまきた道を引き返すことにした。

その先に、あんなものが待ち受けているとも知らずに……。


なんだか背後《はいご》から鬼気《きき》せまるものを感じ、鎌田《かまた》とわたしは、ふたりとも妙《みょう》な汗《あせ》をかいていた。

きたときは、足音を立てまいと、ゆるゆる進んでいたふたりであったが、こうなると、もう、そんなものはどうでもいい。とにかくいまは、一刻《いっこく》も早く、月明かりのあたる場所へ出たい。

ザザアーッ

とつぜんの追い風。たったいままで、まったくの無風状態であったのに、もどると決意したとたん、ふき始める強い追い風だった。

「お、おい！　なんだかこれって……」

「おう、すんげえ風が出てきたな。とにかく早いとこ、車のところへ……」

わたしが、そういいかけたときだった。


ゴソゴソゴソゴソゴソッ……ワシャワシャワシャ……ゴソゴソッ

我々《われわれ》のすぐうしろから、まるでなにかが、追いすがってくるような音がする。

「うわわっ！　な、なんだっ！」

思わずふたり同時にふり向くと、なにやらわけのわからない大きなかたまりが、ごろごろと身をよじりながら、急速に近付いてくるのが見えた。

「うえーっ！　な、なんかきたーっ!!」

それまで冷静だった鎌田《かまた》が、悲鳴を上げる。

「いや！　ちょ、ちょっと待て！　これって……」

暗視《あんし》ゴーグルは、色を区別することができない。

いまは動くのをやめ、へなへなと、おしつぶれたそれをよく見ると、なんてことはない、それは一枚《まい》のブルーシートだった。

「び、びびった……」

ふたりの口から同時に出た。

ところが、そのブルーシートが、ほんのわずかな時間、そこに留《とど》まったことによって、先ほど感じたあの〝におい〟が、強烈《きょうれつ》に鼻をついてきた。

「うっぷ！　な、なんで……」

わたしの言葉など無視《むし》するように、鎌田《かまた》がとんでもない行動に出た。

「……おい。もしかするとにおいの根源《こんげん》は、このシートじゃねえのか？」

そういうなり、鎌田《かまた》はおもむろにゴーグルをはずし、ウエストポーチから強力なサーチライトを取り出した。

「おいおい！　なにする気だよ⁉」

「これがにおうってことは、事件性ありだろうが！」

「そっ、そっ、そういうことはだな、やっぱり警察《けいさつ》の仕事であって……」

わたしの話なんか聞いちゃいない。ガサゴソと特有の音がするシートを、鎌田《かまた》はなんとか広げてみようと必死になっている。

「ちょっと、だまって見てないで、手伝ったら?」

とにかくものすごい臭気《しゅうき》だ。

わたしはしかたなく、いやいやながらも、シートのはしを小さくつまみ、鎌田《かまた》とは反対の方向へとおし広げた。

その瞬間《しゅんかん》だった!

ブブウウウウゥゥゥンン……ンンンンンンッ

「うわあっはぁっ!!」

そこからものすごい数の虫が飛散した。それは、いずれも大型のハエのように見える。鎌田《かまた》が大声でさけんだ。

「こっ、これはサルコっ！　やばいぞ、早くにげろっ！」

「な、なんだよ、サルコって⁉」

「いいからっ！　説明はあとだ。とにかく、虫が顔に付かないように気をつけろっ！」

どこをどう走ったか定《さだ》かではないが、気がつくと、ふたりは遊歩道にたどり着いていた。

「ちょ、ちょっと休ませろよ。水……水」

わたしは、バックパックから、ペットボトルを取り出しながら鎌田《かまた》を見た。

鎌田《かまた》は夕バコをくゆらしながら、空にうかぶ大きな月をあおぎ見ていた。

人心地《ひとごこち》がつき、わたしはさっきのことをたずねた。

「なぁ、さっきのサル……なんてったっけか？」

「ニクバエのことだ」

「ニクバエ？」

「一般《いっぱん》のハエとはちがい、動物の肉を見つけては、それをむさぼり食い、幼虫《ようちゅう》を産み落とす。それは、宿主が生体であるとか、死体であるとかは関係ないんだ」

「うげげげ！」

もうそれ以上は、聞きたくない気分だったが、鎌田《かまた》はさらに続ける。

「おれは大学で法医学を専攻《せんこう》してたからな。あれは、いやというほど調べたんだよ」

「でもなんで、にげる必要があったんだ？」

「いいか。あのシートは、まちがいなく『人間が包まれていた』ものだ」

「ああ……確かに、おれもそう思う」

「あの発せられていた臭気《しゅうき》からして、おそらくかなりの量の『腐敗液《ふはい》』が付着していたはずだ。それを六本の足にこびりつかせたハエだぞ」

「そりゃ、虫もくさくなる……」

どうやら、わたしは的はずれなことをいったらしい。鎌田《かまた》は少し怒《おこ》ったようにいった。

「なにいってんだ!?　じょーだんじゃない！　それが顔にでも付いてみろ！　薬品やけどと同じ症状《しょうじょう》になるんだぞ！」

人間の身体《からだ》はタンパク質のかたまりである。腐敗《ふはい》が進めば、そこから流れる液体は〝強酸〟となり、表皮をとかし、強い炎症《えんしょう》を引き起こす。わたしはすっかりそれを忘《わす》れていた。

「とにかく車のところへもどろう」

鎌田《かまた》がそういって立ち上がり、ふたりで歩き出そうとしたときだった。

ズザザザァァァァーッ!!

またもや背後《はいご》から強い風。それに混じって聞き覚えのある音が、どこからか聞こえてくる。

ゴソゴソゴソゴソゴソッ……ワシャワシャワシャ……ゴソゴソッ

その音源《おんげん》を探《さが》しつつ、サーチライトを照らすが、どこにもそれらしきものは見あたらない。

ジャリッ、ジャリッ、ジャリッ、ジャリッ……。

ふたりの足音だけが闇《やみ》にとけこみ、いつしかわたしも鎌田《かまた》も、無言になっている。

緊張《きんちょう》の糸を解こうと、わたしは努めて明るい声で、こう切り出した。

「それにしても、フクロウの姿《すがた》、見たかったなぁ……」

「じゃあ、引き返すか?」

この場ではじょうだんにもならない、鎌田《かまた》の言葉を機に、なんとなく場の緊張《きんちょう》はほぐれ、話題は、おたがいの車やバイクのことへと変わっていった。

だんだん道幅《みちはば》も広くなり、もう少しで車を置いた空き地に到着《とうちゃく》しそう……というときだった。

「待て！」

急に鎌田《かまた》が足を止めた。その理由は、わたしにもすぐに理解できた。

あのにおい……あのにおいがただよってくる。

（すぐうしろに、だれかいる!!）

まるで肺炎《はいえん》にでもかかっているかのような、〝ヒューヒュー〟という、かすれた息づかい。

それがまさに、我々《われわれ》のすぐうしろから聞こえてくる。

それと同時に、先ほどまでただよっていた〝ほのかな〟臭気《しゅうき》は、だんだん強くなり、まるでそれが、いままさに、我々《われわれ》の目前にあるかのような感覚に襲《おそ》われる。

「鎌田《かまた》……うしろ、見るなよ。いいか、絶対だぞ」

「お、おう」

ジタッ……ジタッ……ジタッジタッ

こちらの足音とはまったくちがう、もうひとつの〝なにか〟が、ほぼ100％まちがいない確率で、うしろから付いてきている。

ライトをにぎった手に、じっとりと汗《あせ》がにじみ、〝この先どうしたらいいか〟ということで、頭はいっぱいだった。ふたりとも無言で、一歩一歩、足を進める。

そこで、ライトがあたるずっと先に青いなにかが見えた。自分好みのカスタムペイントをほどこした、わたしの車が月明かりの中で光っている。

「お、やっと車が見え……」

わたしがそういったとたん、鎌田《かまた》が大声でさけびながら、走り出す。車が見えて、張りつめていた糸が切れたようだった。

「うわあああああああああっ!!」

「ちょっ、ちょっと待てってて！　鎌田《かまた》っ!!」

こんな場所に、置いていかれるのがおそろしく、わたしも鎌田《かまた》を追いかけて走り出した。

鎌田《かまた》に数秒おくれて、車へたどり着いたわたしは、リモコンキーでドアロックを解除《かいじょ》した。

なんとか鎌田《かまた》を落ち着かせようと、やんわりと声をかける。

「まったくもう……いきなり走り出すから、びっくりしたっ……」

「ばか！　そんなことといいから、早く、車出せっ！」

トランクに荷物をしまおうとするわたしに、鎌田《かまた》はこわばった表情でどなった。

その瞬間《しゅんかん》、わたしは背筋《せすじ》を走りぬける、冷ややかなものを感じた。

車の左側にまわりこみ、運転席のドアを開けようとしたときだった。


ゴソゴソゴソゴソゴソッ……ワシャワシャワシャ……ゴソゴソッ

腰《こし》がぬけるほどおどろきながら、わたしは、その音のする方を見た。

「う、うわあああああっ!!」

「早く出せっ！　早く早くっ!!」

なんとあのブルーシートが、いつの間にか、車のすぐ横にまでせまっていたのだ。

風に乗ってきた……？

どんなに強い風でも、あのうっそうとしげる森の中を、大きなシートが順調に移動できるとは思えない。

なんとか舗装《ほそう》道路に出た我々《われわれ》は、しばらく走ったところで見つけた自動販売機《はんばいき》で、冷たいコーヒーを買った。

「……まいったな」

コーヒーをひと口飲み、深い息をはきながら、わたしはつぶやいた。

「まいったなんてもんじゃない。よりによって、あんなものを見ちまうなんて……」

「まったくだ。まさかブルーシートに追いかけられるとは……」

わたしの言葉を聞いて、鎌田《かまた》が目を見開いて返す。

「ブルーシートって、おまえ、なにいってんだ!?」

「なにって……なんだよ」

「そうか……おまえは気付かなかったんだな」

「気付かなかった？　おまえこそ、なにいってんだか」

鎌田《かまた》は意を決したように、わたしに問いかけた。

「おれがあのとき、なぜ走り出したか……知りたいか？」

「いや……いい」

正直、本当に、聞きたくはなかったのだ。

「うしろから付いてきてたのは……女だった」

「やめろっ！」

「それが車にライトがあたった瞬間《しゅんかん》、ふいっと、こちらに追いついてきて……」

「やめろっていってんだ！」

「右側からおまえの顔を、ぬっと、のぞきこんだんだ！」

そういい終えると、鎌田《かまた》はその場にしゃがみこんで、おいおいと泣き出した。

もう二度とあの場所へは行きたくない。それは鎌田《かまた》も同じだろう。

拾ったソファー

二十数年まえのことだ。

友人・篠田《しのだ》の家に集まり、男四人で朝までマージャンを楽しんだ。

そろそろ外は白み出している。みんなで部屋を片付《かたづ》け、わたしは山田とふたりで、ゴミを捨《す》てに出た。

一歩外へ出てみると、きーんと冷えた〝朝まだき〟の空気が心地《ここち》いい。

ふたり、それぞれゴミぶくろを手にして、篠田《しのだ》の家からほど近い角に設置された、ゴミ捨《す》て場に向かう。

タイミングよくその日が収集日《しゅうしゅうび》と見えて、前夜から出された家庭ゴミが、相当数置いてある。

「よいしょっと」

持ってきたゴミぶくろを置き、その場を立ち去ろうとするわたしを、不意に山田が呼《よ》び止める。

「おっ、ちょっと見てみろよ」

山田は、ゴミにうまるようにして置いてある、なにかを見つけたようだった。

無造作にその上に置かれたふくろをどかすと、下からきれいな革張《かわば》りのソファーが現れた。

「おお、なんだか高級品っぽいな、これ。全面、革張《かわば》りだぞ」

山田の声につられて、わたしものぞいてみる。

そこにはまだ捨《す》てるにはもったいないような、きれいなソファーがあった。

「世の中には、変わった人もいるもんだな……」

そんなことを話しながら、篠田《しのだ》の部屋へもどると、山田がさっそくソファーの話をし出した。

「おーっ、ほんとかよ！　ちょうど、ソファー、ほしかったんだ」

篠田《しのだ》がいう。

「廃棄物《はいきぶつ》だぞ」「ゴミの下になってたんだぞ」

わたしと山田でいろいろいうが、篠田《しのだ》は「いいの、いいの」と、まったく聞く耳を持たない。

いまなら、そんなことは絶対にしないだろうが、まださほどお金もない、若者《わかもの》にとって、それを見のがす手はなかった。

こんどは四人でゴミ捨《す》て場にもどり、そのソファーを持ち帰った。

篠田《しのだ》の部屋でじっくりソファーを見てみる。

表面は生成《きな》り色の牛革《ぎゅうかわ》が張られ、別段《べつだん》、いたんでいるところも、こわれているところも見あたらない。どこをどう見ても、捨《す》てるにはおしかった。

ぞうきんをしぼって、篠田《しのだ》はせっせとソファーをふいている。

（本人がいいなら、まあ、いいか……）

と他《ほか》の三人も、それ以上、もうなにもいわなかった。

ソファーをふき終え、篠田《しのだ》はご満悦《まんえつ》な顔で、さっそく腰《こし》かけている。

わたしも篠田《しのだ》の横に腰《こし》を下ろしてみる。

本革《ほんかわ》特有の〝ギシッ〟という感覚がおしりに伝わる。そのときだった。

「おい、なんかくさくねえ？」

山田の言葉に、全員でクンクンと鼻を鳴らす。

「ほんとだ。なんか……タマネギみたいな……」

実はソファーを運んでいるときから、わたしはそれを感じてはいた。だがそれ以上のことはなかったため、あえて口に出さずにいた。

考えてみれば、元々ゴミ捨《す》て場に置かれていたわけで、なんのにおいがしても、まったく不思議ではない。


窓《まど》から見ると、外は完全に明るくなっている。

その日は解散となり、わたしは自分の車で、自宅《じたく》へ向かった。

「んっ？　な、なんだこのにおい!?」

走り出してすぐに、車内に充満《じゅうまん》する異臭《いしゅう》に気付いて、わたしはひとり、声を上げた。

まさしく、先ほど篠田《しのだ》の家でかいだものと、同じにおいだ。

車を路肩《ろかた》に寄せて停《と》め、わたしは急いで窓《まど》を開けると、ズボンやシャツに〝においの根源《こんげん》〟が付いていないか確認《かくにん》する。

しかし、それらしい、あやしいなにかを見つけることはできなかった。

自宅《じたく》に着くころには、車内にただよっていたにおいも消え、別段《べつだん》気にすることもなく、それから数日が経過した。


その日は夕方から、山田の家でなべをごちそうになっていた。

メンバーは、先日集まった、篠田《しのだ》以外の三人。

男ばかりの食卓《しょくたく》で、下世話な話に花がさいたころだった。

「あれ？」

なべの煮《に》立《た》ち具合が弱くなり、コンロの火が消えた。

「ありゃりゃ、ガス終わったか？　ちょっと待っててな。えーと……確か予備のボンベが……」

そういいながら、山田が流しの下をごそごそと探《さが》す。やっと見つけ出したカセットを、コンロにセットする。

ガチッガチッ……ガチッガチッ！

「なんなんだ、おいー、今度は火がつかねえよ」

その瞬間《しゅんかん》、その場にいた全員がとっさに口をおさえ、顔を見合わせた。

山田が点火にとまどい、なんどもコックをひねったせいで、もれ出したガス。

それこそが数日まえ、篠田《しのだ》の家でかいだ〝タマネギ臭《しゅう》〟だったのだ。

三人全員がなにをいいたいかは、すぐにわかった。

「100%同じじゃないんだよな。でもにおいの系統《けいとう》は同じだな……」

山田の言葉に、みんながうなずいた。


その晩《ばん》は、山田の家に泊《と》まることになった。

夜もふけたころには、あたり構わず、三人ともごろごろと寝転《ねころ》がり出した。

当然わたしも横になる。

常夜灯がまぶしい。なぜだかそう感じた。

それでもじっと目をつぶっていたが、足の先にしびれを感じ、はっとした。

(こ、これは……金縛《かなしば》りの前兆か……?)

そう思った瞬間《しゅんかん》、そのしびれが一気に全身に広がり、まったく身動きがきかない状態になった。

しかもそれは、過去になんどとなく経験したものとは、あきらかにちがう、あるひとつの〝音〟をともなっていた。

シュ――――――――ッ

同時に、かぎ覚えのある臭気《しゅうき》が鼻を刺激《しげき》した。身の危険《きけん》を察知する、動物的〝勘《かん》〟ともいえるなにかが、心臓《しんぞう》をわしづかみにする。依然《いぜん》として、金縛《かなしば》りからは解放されずにいた。

ここで、わたしは、閉《と》じたまぶたを通して、ある映像《えいぞう》が見えていることに気付いた。

先ほど我々《われわれ》が食事をしたリビング。

大きめのテーブルがあり、上には片付《かたづ》けられていないなべが、置かれたままになっている。

そこに置かれた木製のいすに……女が座《すわ》っている。

体をななめにし、その方向に向け、さらに顔を大きくかたむけているのだが、それが超絶《ちょうぜつ》不気味な表情をしている。

(だ、だれだ、あれ!)

心の中でさけぶように、わたしがそう思った瞬間《しゅんかん》、女が動いた。

「ゆっくりと立ち上がった」とか、「ふり向いた」などという、おだやかな動きではない。


スドドドンッ!!


という大音響《だいおんきょう》を立てて、女はものすごい勢いで、いすからすべり落ちた。

床《ゆか》に落ちたとたん、まるで高いところから落とした〝もち〟のように、べっちゃりと床《ゆか》に張り付き、うずうずと細かくふるえている。

(うわああっ! こっちへ向かってくる!)

瞬間的《しゅんかんてき》にそう察したわたしは、渾身《こんしん》の力をこめて金縛《かなしば》りを解こうといどんだが、解けかかってはまたおちいり、解けかかってはおちいりを、くり返すのみだった。

見たくないのに〝見えてしまう〟というのは、なににもたとえ難《がた》い苦痛《くつう》である。

視線《しせん》の先にある〝もち〟は、いつしか元の〝女〟の厚みを取りもどして、おかしな屈伸《くっしん》運動をくり返すようにうごめいている。

次の瞬間《しゅんかん》だった。

「うあああああ……ぁぁぁぁ」

ひときわ大きなあくびがひびく。山田の声だった。

それを機に、一気に金縛《かなしば》りが解け、わたしは、すぐさま立ち上がって、部屋の電気を点《つ》けた。

かべのスイッチを操作《そうさ》してふり返ると、なんと他《ほか》のふたりも起きている。

「どうした?」

「おまえこそどうした?」

わたしは、おそるおそる、いま見たことをふたりに話して聞かせた。

「実は、おれも、いま同じようなものを見ていた。だが少しちがっている」

なにがちがうのか、わたしはたずねたあと、山田の答えを聞いて、質問したことを後悔《こうかい》した。

「いすにもたれかかっていた女は、やにわに立ち上がり、まるで特撮映画《とくさつえいが》のように瞬間《しゅんかん》移動した」

そして山田はこう続けた。

「それでおまえのそばに立ち、じっと見下ろしていたよ」

女のことが釈然《しゃくぜん》としないままだったが、一週間後、山田からきた連絡《れんらく》で、少しずつそれは形を現し始める。

「このあいだ、篠田《しのだ》んとこに運びこんだソファーな、出所が判明した」

それは、篠田《しのだ》からの電話で知ったのだという。

例の革張《かわば》りソファーを拾った数日まえ、あのゴミ捨《す》て場のすぐ近くに住む女性が、自室でガス自殺をしていたという。

遺族《いぞく》が部屋を片付《かたづ》けにきた際、家財道具のほとんどは持ち帰ったのだが、「どうしてもこのソファーだけは……」と、粗大《そだい》ゴミとして、あの場所に出しておいたらしい。

〝どうしてもこのソファーだけは……〟

遺族《いぞく》が持ち帰ることを、かたくなにこばんだその理由。

それは、あのソファーが、彼女《かのじょ》が選んだ〝最期《さいご》の場所〟だったからに他《ほか》ならない。
あのときの、くさったタマネギ臭《しゅう》……。
あれはまさしく、そこにことごとく染《し》みこんだ、ガスのにおいだった。
それを知った篠田《しのだ》は、もちろん、すぐにソファーを廃棄《はいき》した。
以来、あやしいことは起こらなくなった。

地《じ》蔵《ぞう》

数年まえの夏、京都で開催《かいさい》された、あるイベントからもどり、わたしは数日ぶりにパソコンを開いた。

メールボックスを見ると、めずらしい男からメッセージが入っている。

さっそくメールを開き、目を通したとたん〝ジョリッ〟という、まるで背中《せなか》を軽石で強くこすられたような感覚を受け、わたしは飛び上がった。

メールには、こんなことが書いてあった。

〝つい先日、車をバックさせていて、お地蔵《じぞう》さんをたおしちまった。それ以来、毎晩《まいばん》、金縛《かなしば》りにおちいり、満足に寝付《ねつ》くことができない。なにかいい対処法《たいしょほう》はないものだろうか〟

〝ないね〟

わたしは小意地の悪さを発揮《はっき》して、たったひとこと、返してやった。

送信ボタンをクリックして十秒後、ものすごい勢いで、電話がかかってきた。

「たぁのぉむぅよぉ！　まじで困《こま》ってんだからよぉ」

「そんなのたおしたおまえが悪い！　存分《ぞんぶん》にたたられんかい！」

「そんなこと、いうなよぉ」

彼《かれ》の反応がおもしろかったので、わたしは、その後の経過を観察することにした。


二日後、彼《かれ》からまた電話がかかってきた。

「変な夢を見た。真っ暗ないなか道を歩いてると、目のまえに六人の坊《ぼう》さんが現れたんだ。手に持った錫杖《しゃくじょう》をふり回して、わけわかんねえ呪文《じゅもん》をとなえ出すんだが……」

「……だが？」

「いつの間にか、おれのとなりにもうひとりいて、坊《ぼう》さんたちは、そいつをむりやり、連れて行こうとする」

「ほう……で？」

「そのだれかってのが……おまえなんだよな」

「おいおいおいおいーっ！」

こうなると、高みの見物というわけにもいかなかった。

翌朝《よくあさ》、早くから起き出して、シャワーを浴びているときだった。

「あいたっ！」

背中《せなか》に強烈《きょうれつ》なひりひりを感じて、おどろいて鏡で見てみる。

うっすらと湯気でくもった中に、赤みを帯びた背中《せなか》が見える。

「あ……あのとき感じた……あれか？」

その晩《ばん》、彼《かれ》がいっていたと思われる坊《ぼう》さんが、わたしの寝床《ねどこ》に現れた。

「……東に向かわねば……」

ひとこと、坊《ぼう》さんはそういった。

わたしは、それで、ことのあらましを理解した。

彼《かれ》はまちがってしまったのだ。

地蔵《じぞう》をたおしたことに気を取られ、本来あったのとは、ちがう向きに立てて、にげ帰った。

「確かに、向きなんか気にしないで、とにかく立ててきた……」

彼《かれ》に伝えると、思った通りだった。


翌日《よくじつ》、わたしも彼《かれ》といっしょにその地を訪《おとず》れ、供物《くもつ》と水を置いて、手を合わせ帰宅《きたく》した。

その後の彼《かれ》の経過は定《さだ》かではないが、なにもいってこないところをみると、少なくとも「ごめんなさい」は通じたのだろう。

そう願うばかりだ。

事故

札幌《さっぽろ》というのは実にめぐまれた土地で、ちょっと足をのばせば、海・山・川・湖があり、ドライブ先にこと欠くことはない。

これはそのうち、ある湖へ行ったときに遭遇《そうぐう》した話だ。

札幌《さっぽろ》の中心街から、小一時間ほど走ったところに、支笏湖《しこつこ》という湖がある。非常に透明度《とうめいど》が高く、対岸の彼方《かなた》には〝樽前山《たるまえさん》〟を望むことができる、一大観光名所だ。

しかし、夜ともなれば、周遊道路づたいに、点在する水銀灯が逆にさびしく、入水《じゅすい》自殺をする者もあとを絶たない。地元では、数々の〝話〟を有することにおいても、一大スポットになっている。

今回の話は、支笏湖《しこつこ》には直接、関係はないが、その帰りに起こった怪異《かいい》をまとめたものだ。

深夜十二時ごろのことだ。

五台の車に分乗したわたしたちは、札幌《さっぽろ》からその湖畔《こはん》に向け、車を走らせていた。

湖の駐車場《ちゅうしゃじょう》に着いたわたしたちは、缶《かん》コーヒーを飲みながら、男同士のくだらない話に花をさかせていた。

時代はパーソナル無線の全盛期《ぜんせいき》。今日ここに集まったみんなも、そんなつながりだった。

夜の湖も見終わり、話もつきたところで新迫《にいさこ》がいった。

「そろそろ、かえっかぁ……」

木下が聞く。

「どっち回りで帰る？」

この〝どっち回り〟というのは、いまきた真駒内《まこまない》方面へ引き返すか、恵庭《えにわ》方面へ向かう別ルートで帰るかという意味だ。

恵庭《えにわ》方面に向かえば遠回りにはなるものの、いましばらくドライブを楽しむことができる。

わたしたちは満場一致《いっち》で、恵庭《えにわ》回りの別ルートを選択《せんたく》した。

わたしの車を先頭に、曲がりくねった夜道を、五台が軽快に飛ばしていく。

しばらく走ると、ぽつぽつと沿道《えんどう》に民家が現れ出し、さびしさもいくらかうすれてくる。

行く手の見上げるほど高いところに、高速道路の橋脚《きょうきゃく》が見えてきた。

そのとき、無線から新迫《にいさこ》の声が聞こえた。

「おい！　なんだありゃ!?」

高速道路の橋桁《はしげた》を支える太い橋脚《きょうきゃく》に、車が一台、張り付いている。

そのかたわらで、運転手らしき男性が、頭をかかえて座《すわ》りこんでいるのが見えた。

「事故だ！」

わたしはさけび、車をわきに寄せる。あとに続く車も路肩《ろかた》に停《と》まり、全員がその男性にかけ寄る。

「ひどい出血だ！　あんただいじょうぶかい？　救急車は？」

木下が男性に声をかけた。

「まだ、呼《よ》んでないんです……」

なにぶん、携帯《けいたい》電話などない時代である。

「あんた、ひとりかい？」

仲間のひとり、工藤《くどう》も男性に聞いた。すると、梅原が工藤《くどう》を引っ張って止めた。

「いいから！」

「いいからって、なによ？」

梅原は小さく指で×を作って、工藤《くどう》に示した。

先に事故車を見に行っていた梅原は、助手席で息絶えている女性を確認《かくにん》していたのだ。

梅原が小声でささやく。

「頭……なかったわ……」

それを聞いたわたしの体は、小刻《こきざ》みにふるえ出していた。

「とにかく救急車、呼《よ》ぶべっ!!　だれかとつながらんか、無線！」

新迫《にいさこ》の問いに工藤《くどう》が答える。

「いまやってみたけど、ぜんぜんだめだわ！」

「公衆電話《こうしゅう》探《さが》す方が早いって！」

そういってわたしは、上り・下りのふた手に分かれて、公衆《こうしゅう》電話を探《さが》しに行くよう、みんなにいった。どちらか先に見つけた方が、無線でそれを連絡《れんらく》する手はずになっていた。

「お！　あったぞ！」

公衆《こうしゅう》電話を見つけた新迫《にいさこ》が、すぐさま車を降《お》りて電話をかけに行く。

わたしは車の中からそれを見守っていた。

「すぐくるっていってた！」

ほどなくもどってきた新迫《にいさこ》がいう。


当然のことなのだが、新迫《にいさこ》のその言葉を聞いて、なぜか無性《むしょう》にほっとしたことを、いまでも覚えている。

救急車を呼《よ》べたことを、無線で先に進んだグループに伝える。

現場にもどると、反対方向へと向かった数台は、先にもどってきていた。

ところが、さっきまで縁石《えんせき》にへたりこんでいた、男性の姿《すがた》が見あたらない。

「あれ？　ここに座《すわ》ってた男……どうしたのよ？」

わたしは先についていた仲間たちに聞いた。

「車の中じゃないか？」

工藤《くどう》がいうのを聞いて、みんなでそのつぶれた車をのぞきに行く。

そこには、見覚えのあるボーダーシャツ……。

しかし、ついさっき、みんなが話をしたのとは、あきらかにちがう光景があった。

そこには、体をハンドルとシートの間にはさまれ、頭を陥没《かんぼつ》させて、息絶えていた〝彼《かれ》〟の姿《すがた》があった。

彼女《かのじょ》を助けようと、必死だった彼《かれ》の思いが我々《われわれ》を呼《よ》んだのだろうか。

虫の声

「ここへねぇ、ここへ車を置かれちゃ困《こま》るのよ」

わたしたちはある雑誌《ざっし》の取材のため、北国にある一軒《けん》の幽霊屋敷《ゆうれいやしき》を訪《おとず》れていた。

その家は国道からはずれた農道のわきにあり、その道を行き交《か》う車もまばらだった。

駐車《ちゅうしゃ》スペースがないため、乗りつけた車を、屋敷《やしき》のすぐむかいにある、空きスペースに置いたのだが、どうやらそこは他人の所有地だったと見える。

そこから少しおくまったところにある家から出てきた、年配の女性が、困惑《こんわく》した表情で我々《われわれ》にいった。

「すみません。すぐに終わりますので、少しの間、置かせていただけませんか」

スタッフのひとりが、女性にたのみこむ。

「もしかして、あんたたち、そこの家を取材しにきたの？」

「え、ええ……まあ」

「そこはね、やめといた方がいいよぉ。あとが、こわいからね」

「えっ！　や、やはり、なにか、そういった現象があるんでしょうか？」

我々《われわれ》にしてみれば、願ってもない取材ターゲットである。

「そこはね、ちょっと変な人たちがね……ちょくちょく出入りしてるのよ」

「変な……人たち、ですか？」

「そうよぉ。あんなのにかかわりあったら、いいことないからね。昨日だってほら……聞こえるでしょう？」

そういうと女性はいったんだまり、耳をすますような仕草をする。

「なぁに、あんたたち、あれが聞こえないの？　耳、だいじょうぶ？」

我々《われわれ》も耳をすますが、聞こえてくるのは、コオロギの鳴き声だけだった。

「ほらほら！　コロコロコロ……チリチリチリ……って鳴ってるでしょう？」

「え？　いや、あれは虫の声で……」

スタッフの言葉をさえぎって、女性は少し声をあららげていった。

「なにいってんの！　ちがうわよ！　あれはね、ゆうべ、男たちがきて、そこらじゅうに変な機械を置いていったのよ！」

「……変な機械ですか」

たまらず、わたしも口を開いた。

「まぁ、とにかくね。とっとと帰んなさいよ。またあの男たちがきたら、大変だからね」

そうはき捨《す》てると、女性は、自分の家の方へと歩いて行ってしまった。

「なんだよ機械って……」

「まぁいいや、とにかく写真とって、内部の見取り図描《か》いたら、こんなとこ、さっさと引きあげようや」

スタッフにわたしが答える。それから我々《われわれ》は女性のことなど気にせず、農道をわたって、問題の屋敷《やしき》へと足をふみ入れた。

その屋敷《やしき》に住んでいた女性は、金品をうばわれた上、殺されてしまった。犯人はその後、女性の遺体《いたい》を二階に運び、わざわざ天井《てんじょう》板をぶちぬいて、梁《はり》からなわを下げてつるした。

元々身寄りがなく、近所付き合いもなかった女性は、一年以上、発見されなかったという。

その後、屋敷《やしき》周辺で怪異《かいい》が頻発《ひんぱつ》し出し、市の職員が立ち入り調査をしたときにも、極端《きょくたん》な〝霊障《れいしょう》〟が起こったらしい。

〝霊障《れいしょう》〟というのは、霊《れい》につかれたり、たたられたりすることが原因で、体調や人間関係などが悪くなることをいう。

時刻《じこく》は二十三時を少し回ったあたり。

大きめの懐中《かいちゅう》電灯をそれぞれが持ち、おそるおそる玄関《げんかん》のドアを開ける。

内部は、古さは目立つものの、人にあらされた形跡《けいせき》はなく、土足で歩くことがなんとなく、ためらわれるほどだった。

広めに造られた玄関《げんかん》からは、いくつかのドアが見え、左からトイレ、風呂場《ふろば》、小さめの部屋、そしていちばん右は居間へと続いていた。

「なんだかさ、和洋が変に折衷《せっちゅう》になってるな。一貫性《いっかんせい》がないっていうか……」

「そうそう。なんかこう、無理に洋風を取り入れちゃった……みたいな感じな」

他人の家に対して、勝手なことをいいながら、我々《われわれ》は居間へ続くドアを開けた。

瞬間的《しゅんかんてき》にただよってくるカビのにおいと湿気《しっけ》……。と同時に、なんともいい知れぬ不安感が、そこにはあった。

「うわあ、ここは……なんだか『生きてる』空間だなぁ」

スタッフのひとりが、ぼそりといった。

「うん。ここはさっさと流して、おくへ行こう」

わたしはスタッフに急ぐよう、うながした。

なんどか書いているが、わたしは元来臆病《おくびょう》だし、心霊《しんれい》スポットなどには、仕事以外、自分から積極的に行くことはしない。できれば、この屋敷《やしき》も一分でも早く、おいとましたいと思っていた。

居間のおく手には、ぴったりと閉《し》め切られたふすまがあり、それはまるで侵入者《しんにゅうしゃ》をこばむかのようなたたずまいを見せている。

「いいか？　開けるぞ」

わたしがそういうと、だれかののどが、ゴクリと鳴ったのがわかった。

家自体の建て付けがいいのだろうか。

経年劣化《れっか》を感じさせないような、するするとよく走る、小気味いいふすまのすべりだった。

しかし、足をふみ入れたそこには、古くなって全体にふくらんだたたみが見えた。

そして、そこはかとなくただよう……そう、これは……線香《せんこう》の香《かお》り。

「おい。このにおいって、せ……」

「いいからっ！　……ここはだまってろ」

ひとりのスタッフがいいかけた〝決定打〟を、わたしは打ち消した。

いまそれをだれかが認《みと》めると、きっとみんなパニックになる。だから、そんなわかりきったことは、とにかくだまっていてほしかった。

歩を進めるたび、たたみが〝ムシッムシッ〟と音を立ててしずみこむ。

「ああ！　ああぁぁぁはぁ！　だめだよ、これはだめだぁ！」

とつぜん、別のスタッフが、なかば泣きそうな声を上げた。

彼《かれ》が持ったライトが、一点を照らし出している。

仏壇《ぶつだん》。

しかもそれは開いていて、そこに一本だけ線香《せんこう》が上がっている。

それが、いま、まさに火を点《つ》けたばかりという感じで、紫色《むらさきいろ》の煙《けむり》を立ち上らせている。

「い、いったい、だれが火を……」

カメラを持ったスタッフが、カシャカシャと撮影《さつえい》する。

フラッシュが、目のまえにある仏壇《ぶつだん》を照らし出す。

「よし。この先に部屋はないみたいだ。上の階へ上ろう」

元の状態のようにふすまを閉《し》め、いったん玄関《げんかん》へと移動するが、いまになって思えば、このときがいちばんこわかったように思う。

玄関《げんかん》ホールへやってきた一行は、左側に設置された木の階段《かいだん》を上り出した。

一段《だん》ふむたびに、〝うぎぃぃぃぃぎゅぃぃぃ〟と、ふみ板が音を立てる。

全員が二階に到達《とうたつ》するのを待って、長めに造られたろうかを歩き出す。

「このいちばんおくの部屋だって、いってたよね？　まちがいない？」

スタッフのひとりが、問題の部屋の位置を、別のスタッフに確認《かくにん》する。

「ああ、それは確かだ。とにかくドアを開けると、梁《はり》をはさむ形で、天井《てんじょう》板が二枚《まい》ぬけてる
……と」

「それを撮《と》ったら終わりでいいよな？　な？」

わたしはスタッフに確認《かくにん》した。

「ああ、もう十分だよ。ああ、もう早く帰りてえ」

わたし以外の全員も同じ気持ちだった。


ろうかのかべには窓《まど》があり、外の景色がよく見える。

少しはなれた場所に、我々《われわれ》が乗ってきた車が見える。

「なぁ、すごくむしむしするな。ちょっと窓《まど》、開けようか」

そういってスタッフが、窓《まど》を開けた次の瞬間《しゅんかん》。

アハハハハハハハハハハハァ!!

心臓《しんぞう》が止まりそうになった。
思わず声がした方を見ると、先ほどのあの女性だ。
いつの間にか、我々《われわれ》がいる屋敷《やしき》のすぐそばまできていて、なにがおもしろいのか、こっちを指さしながらゲラゲラと笑っている。

ほらほらほら！　そこそこ！　そこよぉぉぉぉ！　その部屋だってぇぇぇ！

「な、なぁに、おばあちゃん！　なにがそこ……」

だぁかぁらぁ！　あんたたちのうぅしぃろっ！　ほらあっ！

心臓《しんぞう》が早鐘《はやがね》のように鳴動し、わたしの頭はいまにも卒中でも起こしそうだった。

「おい。なんか、あの婆《ばあ》さん、変じゃねえか!?」

スタッフの言葉を聞いて、女性をよく見てみると、今度は下を向いて、なにかブツブツいっている。

「おばあちゃん! だ、だいじょうぶですか?」

わたしがこう、声をかけたときだった。


おまえらが悪いんだ! おまえらさえこなければぁぁぁぁぁぁ!


そうさけんだかと思うと、女性は、屋敷《やしき》の玄関《げんかん》目がけて走り出した!

「うわっ! こっちくるぞ!!」

「なんか、やべえって!」

「その部屋入れ! 早くっ!!」

目のまえには〝問題の部屋〟があり、死にものぐるいでドアノブをつかむと、スタッフ全員、一気にそこへなだれこんだ。

バターン！

……ガッガッガッガッガッガッガッ

女性がなにかいいながら、ものすごい勢いで、階段《かいだん》を駆《か》け上がってくる音がする。

どうしてまたきたんだ！　なにが必要なんだ！　ウアエエエエエエエッ！

ほどなく我々《われわれ》がいる部屋のまえまでたどり着き、必死にドアを開けようとする。

しかし、こちらも中から、大の男がふたりがかりでノブを必死につかんでいるため、ドアが開くことはなかった。

あぁけぇれぇぇぇぇぇぇぇ！　ウエエエエエエエッ！

ドンドンドンドンッ！


「お、おい！　なんだよこれ！　ドッ、ドア全体が、いや部屋全体が鳴ってるぞ!!」

ノブをおさえているスタッフがさけぶ。

「とにかくはなすな！　こっ、殺される!!」

もうひとりがいったところで、部屋全体に伝わっていた鳴動が、ぴたりと止《や》んだ。

「と、止まった。帰ったのか……」

「いや、そんなはずはない！　階段《かいだん》下りていく音……だれか聞いたか？」

ドアをおさえていたふたりが、わたしに聞く。

「ま、まだ、ドアのまえにいるってのかよ？　だったら出て行って……」

ドアを開けようとするスタッフを、わたしは止めた。

「待て待て！　いくらなんでも、婆《ばあ》さん、ぶっ飛ばしちゃうわけには、いかないいんだからさ」

結局、どうしていいかわからず、不気味な静けさの中で、じっとしていた。

それから、ものの十分もたっただろうか。

わたしは意を決して、ドアのむこうに、いまでもいるであろう女性に、語りかけてみた。

「おばあちゃん。聞こえますか？　おばあちゃん？」

返事はない。

「あの、ぼくたちもう帰ります。ま、まだ仕事残ってるし……ははは」

やはり返事はない。

「やっぱり、もういないんだよ。ちょっと開けてみろ、そこ」

スタッフがうながす。

「おばあちゃん？　……いまからドア……開けますよぉ」

ノブを持つわたしの手に、汗《あせ》がにじむ。

〝ガチッ〟と音がして、ドアが外側へ開いていく。

「ちょっと待て！」

とつぜんスタッフがわたしを止めた。

「な、なんだよ！」

「もし婆《ばあ》さんが、さっきの勢いでおそいかかってきたら……」

「だいじょうぶ！　もういねえって！」


案の定、そこに女性の姿《すがた》はなかった。

「はあ……よかったぁ」

いっせいに、みんなの口から安堵《あんど》の声がもれる。

全員で部屋の中に置いた撮影《さつえい》機材を持ち、ろうかへ出ようとしたときだった。

「おい。ちょっと……あれ」

スタッフがライトを向けた先は天井《てんじょう》。そこに、ぽっかりと空いた、ふたつの大きな穴《あな》。

「うわわ！」


そこからは周囲を気にしつつも、全員が早歩きで屋敷《やしき》を脱出《だっしゅつ》し、なんとか車のところまでもどってくることができた。

「おい！　早くしろ！　さっきの婆《ばあ》さん、絶対、まだそのへんにいるぞ！」

大急ぎで車に乗りこみ、あたふたと現場をあとにした。

数日後。

その取材を依頼《いらい》された出版社の担当者《たんとうしゃ》から、わたしに電話があった。

「いやあ、この間はおつかれさん！　まったくまいったね」

「まいったどころじゃないっすよ！」

「実はさ……社内でこの間のことが、少々問題視《もんだいし》されててさ……」

神妙《しんみょう》な声で担当者《たんとうしゃ》が続ける。

「地元の人に迷惑《めいわく》をかけた……ってことでね……」

「そんなっ！　こっちは、あんなおそろしい目に、あわされたってのに！」

どう考えても、あの女性の態度は尋常《じんじょう》ではなかった。それを我々《われわれ》の方が問題とされるのは、少々納得《なっとく》がいかなかった。

「うん、それが、あの場にいた人間にしか、わからないんだよな……。おおげさにいってるんじゃないかとか、現場が現場だけに、恐怖心《きょうふしん》が倍増してたんだろう……とか、いろいろ挙がってな」

「……そんな」

わたしはそれ以上、なにもいう気がしなかった。

「それでな、いまからあの現場に行って、その婆《ばあ》さんに、謝罪してくるってことになってさ」

結局、担当者《たんとうしゃ》が謝罪に向かったのだが、そこでとんでもないことが判明した。

謝罪に行った足で、その日の夕方、担当者《たんとうしゃ》がうちを訪《たず》ねてきた。

「……まいった。いやあ、まいったよ……」

「なになに？　またおそわれた？」

わたしは冗談《じょうだん》ごかして、笑いながらいった。しかし彼《かれ》の顔に笑《え》みはない。

「冗談《じょうだん》じゃすまないんだ！　茶化《ちゃか》さないで聞いてくれ……」

「な、なんだよ」

「あれからすぐに、あの例の家へ行ったんだ。ちゃんと謝《あやま》ろうと、立派《りっぱ》な菓子折《かしお》り持ってさ。

ところがな、着いてみたら、いないんだ」

「留守だったってこと？」

「ちがうっ！　……だれも住んでないんだ。あの家」

「なんだって？　じゃあ、あの婆《ばあ》さん、勝手に入りこんで……」

「いいからっ！　だまって最後まで聞いてくれ！　近くに小さな酒屋を見つけたんで、そこに入っていって、店のおやじにたずねたんだが……とんでもないことがわかった……」

彼《かれ》はひと呼吸《こきゅう》ついて、続けた。

「あの家で殺された女性は、七十歳《さい》手まえくらいの、背《せ》の小さな人で、『虫の声を妙《みょう》に気にする』変人だったそうだ」

「なっ!!」

わたしの頭が真っ白になっていく。

「……しかもだ」

彼《かれ》の話には、まだ続きがあった。わたしはゴクリと息をのんだ。

「あのむかいの……婆《ばあ》さんが住んでるっていってたあの家、あそこも、婆《ばあ》さんの持ち物だったんだよ……」

わしゃわしゃ

ある日のことだ。

現在、取りかかっている車に装着《そうちゃく》する、高精度なアルミパーツを発注するため、わたしは関東のある工場を訪《たず》ねた。元々この工場とのつながりは、バイクの部品を、ワンオフ製作してもらったことがきっかけだった。ワンオフというのは、オーダーメードのこと。いまではすっかり、ここの社長とも〝つうかあの仲〟になっている。

わたしが手描《てが》きした、もうしわけないほど、つたない図面を見せ、口頭で説明を補足《ほそく》する。

「ここの角を二十三度、落としつつ微妙《びみょう》に面取りを……」

しかし社長もだまって聞いてはいない。

「またそれかよ！　いいじゃん角が立ってたって。みがきは、しっかりかけるんだからさ！」

「それはだめ。見た目がやぼったくなるだろ！」

わたしの車だ。負けてはいられない。

「ったくもう。変なとこに、きちょうめんなんだよな、おまえ……」


〝わしゃわしゃわしゃわしゃわしゃ〟


社長の言葉にかぶって、わたしの耳は妙《みょう》な音をとらえた。

「どうした？」

一瞬《いっしゅん》、くもったわたしの顔を見て、社長がたずねる。

「えっ、いや、いまなにか『わしゃわしゃ』って……」

「……なにも聞こえんぞ」

確かに、もう妙《みょう》な音は消えていた。

「あ、ああ、そうだな」

「まぁ、とにかくやってみるよ。でも少し時間くれよ」

〝わしゃわしゃわしゃわしゃっ〟

「い、いまのは聞こえたよな!」

「き・こ・え・な・いっ!」

わたしの耳には、はっきり聞こえているのに、社長には聞こえていないらしい。

「だってあんなにはっきり……」

「おれはおまえとちがって、オカルトマニアじゃねえから、そんなことには無縁《むえん》なの。一応、外がけずれたら連絡《れんらく》するから、それまでに、プーリーとベルトの負荷割合《ふかわりあい》を出しといてくれ」

プーリーというのは、エンジンをかけると回転する車軸《しゃじく》のことだ。

わたしはあの妙《みょう》な音のことが気にかかり、社長の言葉にあいまいに返事をして、その場をあとにした。

(あの音……以前もどこかで聞いたことが……)

決して優秀《ゆうしゅう》ではない記憶《きおく》回路をフル回転させる。すると、ある体験がゆっくりと頭をもたげ出した。

それは、都内のある坂道で出くわした、えもいわれぬ怪異《かいい》だった。

（あのとき背後《はいご》から聞こえた、レジぶくろが風にあおられるような音……。あれとそっくりだったが……まさかな……）

自分を説きふせるようにして、車に乗りこんで、エンジンキーをひねった。

いままでに、なんども使ったことのある国道をひた走り、高速道路のインターを目指す。

なんだろう。

妙《みょう》に落ち着かない。

変にそわそわとうき足立ち、いても立ってもいられない。

全身に鳥肌《とりはだ》が立つ。


ちょうどそのときだった。

左手に、大きな神社が見えた。

いままでは気にとめたこともない神社だったが、近付くにつれ、それが毘沙門天《びしゃもんてん》であることがわかった。毘沙門天《びしゃもんてん》は、仏教で持国天《じこくてん》、増長天《ぞうちょうてん》、広目天《こうもくてん》とともに四天王に数えられる武神である。毘沙門天《びしゃもんてん》を本尊にするのはお寺が多く、神社というのはめずらしい。

(おお、毘沙門《びしゃもん》の神様！　ちょっと寄らせていただこう)

駐車場《ちゅうしゃじょう》に車を停《と》め、わたしは急いで参道へと向かった。

しめなわが巻《ま》かれた、大きな御神木《ごしんぼく》が目にとまる。

(大きなイチョウだな……)

そう思って、通りすがりに、さり気なくわたしは幹に手をふれた。

その瞬間《しゅんかん》、それまでの緊張感《きんちょうかん》が一気にふき飛び、入れかわるようにして、清々《すがすが》しく晴れわたるような清涼感《せいりょうかん》に満たされた。

瞬間的《しゅんかんてき》に、なにかが〝落ちた〟とわたしは確信した。

参道を進み、お社《やしろ》にたどり着く。

財布《さいふ》を開き、目もやらずにおさい銭をつかみ出して、音を立てないよう、静かに献上《けんじょう》する。

二礼二拍手《はくしゅ》一拝《はい》したあと、日々の平穏《へいおん》と正常に感謝して、これからの安全を祈《いの》らせていただいた。

いったん気を整え、足をふんばるように立ち直し、お社《やしろ》の中央に気を集中させる。

そのとたん、〝ズオオオオオオオッ〟という強大な気を感じた。

車の中で感じたものとは、まったく異質《いしつ》な鳥肌《とりはだ》が、全身にわき立つ。

いままでになんどもいただいた、毘沙門《びしゃもん》の神様特有の、力に満ちあふれた御神威《ごしんい》だった。実に神々《こうごう》しい気持ちになれる。

「やっぱり寄らせていただいてよかった」

そうひとりごちながら石段《いしだん》を下り、もときた参道をもどりかけた。

ふと見ると、立ち並《なら》ぶ大木のむこうに小さな建物を発見した。

かべには〝御手洗《おてあらい》〟の三文字。

(まだ先は長いからな。ちょっと借りていくか……)

近付いてはみたものの、中にはクモの巣が張りまくっている。

(ふだんは使う人がいなそうだな……)

そう思いながら、入り口のとびらを開けた瞬間《しゅんかん》。

わしゃわしゃわしゃわしゃわしゃっ!!


「うわああああっ!!」

なにか得体の知れない黒く、もさもさしたものが、例のあの音をさせながら、左側の個室へと駆《か》けこむのが見えた。

うす暗い便所に、あの音に、あの風貌《ふうぼう》である。

三拍子《さんびょうし》そろった〝コワイモノ〟をまえに、わたしが軽く腰《こし》をぬかしたことはいうまでもない。


あれがなんだったのか。

なぜあの工場にいて、それが神社まで付いてきたのか。

そしてなぜ、あのタイミングで、わたしのまえに現れたのか。

すべてがなぞのままだ。

上から見てる

まだわたしが二十代のころ、三十年近くまえの話だ。

「たまには、すずみがてらこっちへこいよ。おまえの好きなものもあるし、仲間集めて、一ぱいやろう!」

北関東に住む友人の羽鳥から、電話があった。

〝おまえの好きなもの〟というのが、なんとなく引っかかったが、〝一ぱいやろう〟に釣《つ》られてしまったわたしだ。


さっそく身じたくをして、羽鳥の家に向かう。

練馬《ねりま》インターから関越自動車道《かんえつじどうしゃどう》に乗り、一時間ちょっとのドライブだ。

到着《とうちゃく》してみると、羽鳥の家のまえにわらわらと、大勢人が集まっている。その雰囲気《ふんいき》から、よからぬ相談をくり広げているのは一目瞭然《いちもくりょうぜん》だった。

「まぁた、なに、たくらんでんだよ？」

「おうっ中村、きたか。いやいや、電話でいったろ？　おまえの好きな例のあれだ」

羽鳥がいつものように調子よくいった。

「だから、そのおれが『好きな』ってのが、気になってだな……」

「おまえが好きっていったら、あれしかないじゃん！　ほれ！　心霊《しんれい》スポット」

やはりだ。いやな予感が的中した。

羽鳥は完全に勘《かん》ちがいしている。わたしはひんぱんに、見たり聞いたりはするが、そういうたぐいの場所には、自分からは絶対に近付かないことにしているのだ。

しかし、目のまえでは、すでに数人の男女が、いく気満々でもり上がっている。

いまさら、どうこういえる状況《じょうきょう》ではなかった。

「まったく、しょうがねえなぁ！　いっとくが、おれは車から降《お》りねえからな」

わたしはしぶしぶ、車に乗りこんだ。

五台ほどの車列はどんどん進み、ほどなくしてある山道を登り出した。

しばらく曲がりくねった道をくねくねと行くと、とつぜん、開けた空間にたどり着いた。

「なんだ、ここ?」

「まあまあ、いいから。ちょっといっしょにきてみ!」

わたしの質問には答えてくれず、羽鳥は車を降《お》りると、すたすたと歩き出した。

羽鳥以外の連中も、みな地元の人間らしく、このへんの地理にも明るいようだった。

手に手に懐中《かいちゅう》電灯を持ち、音ひとつしない真っ暗な空間を、ひたすら歩いていく。

周囲を見わたすと、街灯らしきものが、いくぶん確認《かくにん》できたが、いまは点灯していなかった。


かれこれ十分も歩いただろうか。

一行が進む先に、白くうき上がる、塔《とう》のようなものが見えてきた。

「なにあれ? なにかの記念塔《きねんとう》か?」

すかさずわたしは聞いてみた。

「あそこが目的地だよ。上が展望室《てんぼうしつ》になってるんだ」

塔《とう》の真下に着いてみると、遠くからの見た目よりも、かなり大きなものだということがわかった。

「さて……と。じゃあ、すずみがてら登ろうか。ところで、おまえたちはどうする？」

その場には、総勢十七、八人もいただろうか。

その内、女性が五人ほどいて、羽鳥は彼女《かのじょ》たちに向かって聞いた。

「あたしたちは、下で待ってるわ」

すると、その女の子たちの彼氏《かれし》も残るといい出した。わたしも残りたかったのに、羽鳥につかまれ、結局、わたしを入れて、七、八人が登ることとなった。

塔《とう》の中に入る。

内部は、ほぼがらんどうで、ずっと上まで続く、らせん階段《かいだん》が見える。

階段《かいだん》のとちゅうとちゅうに、一メートル四方の窓《まど》があるが、ガラスははめこまれていなかった。

「ふうう、この中、あっちいなぁ！　ぜんぜん『すずみがてら』じゃ、ねえじゃねえか！」

「……すまん。確かに暑いわ、これは」

わたしは羽鳥に文句をいいながら、階段《かいだん》を登り、やっとのことで頂上《ちょうじょう》にたどり着いた。

そこは円形に床《ゆか》が作ってあり、周囲を一望できるようにと、ぐるっと窓《まど》がいくつか開けられている。

さらに三、四メートルほど上の部分にも、明かり取り用の窓《まど》があったが、脚立《きゃたつ》でもない限り、その窓《まど》から外を見ることはできなかった。

窓《まど》から身を乗り出し、下で待つ仲間に、羽鳥が手をふる。

わたしも、となりの窓《まど》からのぞいてみる。遠くに、街の明かりが、かすかにまたたいているのが見えるが、〝夜景〟と呼《よ》べるような代物《しろもの》ではなかった。

「夜風が気持ちいいや」

わたしが、そうつぶやいたときだった。

「うわわっ！　なんだあれーっ!!」

「ギャーッ!!」

いきなり下から、闇《やみ》をつんざくような悲鳴が上がった。

「お、おまえらっ!! は、はやくっ! はやくっ!」

下にいるだれかが、さけぶようにいった。

「なんだよ! なにがはやくだよっ!」

羽鳥がさけび返すが、下の連中には聞こえていないようだ。

「やっべえおっかねぇ、なんだよあれ! にげろにげろっ!!」

そういうが早いか、こぞって、きた方向へと走り去っていくのが見える。

「なんだあいつら! へたな芝居《しばい》打って、おどかそうったって、そうはいかねえよな。はは
は」

羽鳥は笑っていたが、わたしは、尋常《じんじょう》ではない、あのあわてぶりが芝居《しばい》だとは、どうしても
思えなかった。

「と、とにかく、おれたちも下りようか……」

羽鳥が声をかける。みんな、精いっぱいの落ち着きを装《よそお》ってはいるが、動揺《どうよう》の色をかくすことはできずにいた。

そして階段《かいだん》を少し下ったときだった。


スパーンッ!!

その音は、さっきまで我々《われわれ》がいた、頂上《ちょうじょう》付近から大きくひびきわたった。

ペタペタペタペタペタペタッ

続いて、階段《かいだん》を急ぎ足で下りてくるような、足音が背後《はいご》から聞こえてきた。

「だ、だれか下りてきた！　なんかきたぞーっ!!」

最後尾《さいこうび》にいる仲間の声が、塔内《とうない》にひびく。

「うわあああああああっ!!」

口々にさけびながら、ほとんど転がるようにして、地上にたどり着いた我々《われわれ》は、車へ向けて全速力で走り出した。

するとまえから、さっきにげ出したはずの一団が、こちらに向かって駆《か》けてくるのが見えた。

「どうした!! おまえらなんで、にげな……」

羽鳥の言葉をさえぎって、一団のひとりがいった。

「それどこじゃねえ! おっ、おれの車に、知らねえ女が乗ってる!!」

それから、どうやってもどったのかは、もう覚えていない。

羽鳥の家にもどったときには、全員が放心状態だった。

後日、聞いた話の顚末《てんまつ》はこうだった。

下で待っていた連中は、とちゅうとちゅうの窓《まど》から見える、我々《われわれ》を見ていた。

頂上《ちょうじょう》に着いて、手をふる羽鳥に応《こた》えていたとき、その上にある明かり取り用の窓《まど》に、なにかが見えた。

目をこらしてみると、上がれるはずのない最上部の窓《まど》から、上半身を乗り出し、ものすごい形相で我々《われわれ》のいる〝下の窓《まど》〟をにらむ女が見えたという。

それを見た連中は、パニックになり、その場をにげ出した。

ところが、やっとの思いで車にたどり着くと、こんどは、その内の一台に見知らぬ女が乗っていた……というのだ。

我々《われわれ》が夜景をながめたあの窓《まど》……。

数年まえ、その窓《まど》から、ひとりの女性が飛び降《お》りた。

窓《まど》の横のかべには、失恋《しつれん》した男性に対するうらみごとが、延々《えんえん》と書き連ねてあったという。

真冬の海岸

わたしが原作を書いた、映画《えいが》の撮影《さつえい》現場でのことだ。

その日は、撮影《さつえい》最終日。最後の撮影地《さつえいち》となったのは、南関東のある海岸だった。

元々は二十二時近辺で上がれる予定だったのだが、撮影《さつえい》スケジュールはかなりおせおせになっていた。

ただこのようなことは、映画《えいが》やテレビの撮影《さつえい》では、決してめずらしいことではなく、スタッフたちも慣れたようすで、たんたんと撮影《さつえい》をこなしていた。


現場はシーズンオフの砂浜《すなはま》。

ときおり、車に乗ったカップルが遊びにくる以外は、極《きわ》めて閑散《かんさん》とした雰囲気《ふんいき》。

その海岸線に隣接《りんせつ》する、砂利《じゃり》じきの駐車場《ちゅうしゃじょう》にキャンプを張り、撮影隊《さつえいたい》がさまざまな機材を設置していく。

駐車場《ちゅうしゃじょう》のはしの方に、くちかけたモルタル造りの小さな建物があった。

遠目に見ても、それがトイレであることはわかったが、なんだか実に不気味で、近付きたくない雰囲気《ふんいき》がただよっている。


時計の針《はり》が十二時を回り、真冬の海からの風が、よりいっそうふきすさんできた。

そのときわたしはふと、下腹《したばら》に痛《いた》みを感じた。

「やばい、ちょっと、トイレ……」

どこを見わたしても、トイレは、あの建物しか見あたらない。

(あそこ使うのかよぉ……まさか、そこらでするわけにもいかないしな……)

やむなく、わたしは、そのトイレに向かったが、右側に位置する〝男子用〟を見て、さらに意気消沈《いきしょうちん》した。

……電気が消えている。

「なんだおい、だれかスイッチ切ったのか……?」

そんなことをつぶやきながら、それへと近付いたときだった。

不意にその真っ暗な出入り口から、ひとりの男性が出てくるのが見えた。

トイレのまえの、足場の悪いところですれちがう。

「なんだか、真っ暗で気味悪いね」

わたしはそう声をかけたが、彼《かれ》は答えることなく、素通《すどお》りしていった。

暗くて顔はわからなかったが、横に太めの白いストライプの入った、黒っぽいジャージを着ているのだけは、はっきりと確認《かくにん》できた。


〝男子用〟をのぞきこむ。思わず「うわわっ！」と声が出た。

それほどまでに真っ暗で、まったくもって、なにも見えない状態なのだ。

一歩入ったあたりで、電気のスイッチらしきものを手で探《さが》すが、皆目《かいもく》見当も付かない。

仕方がないので、反対側に位置する〝女子用〟を使うことにした。

用をすませ、みんなのいるところへもどる。

撮影《さつえい》の応援《おうえん》にきてくれていた友人に、わたしは、いまの話をした。

「まったくよ、用を足しにトイレへ行ったんだけど、男子用が真っ暗で使えなかったよ」

「ああ、ぼくもさっき行ったんですけどね、やはり真っ暗でこわかったもんだから、女子用を使いましたよ」

友人が答える。

「やっぱり？　おれも同じだよ」

「それにしても、世の中には度胸《どきょう》のある男ってのが、いるもんですね」

「はは……なに？」

「さっきぼくがトイレに向かったとき、あの真っ暗な男子用の中から、ひとりで出てきたのがいるんですよ」

「いや、おれもさっき、あそこへ行ったときに、あの暗い男子用から出てきた男とすれちがったよ」

わたしは友人に、自分も同じように、男子トイレから出てきた男性を見たことを話した。

すると、わたしたちの会話を聞いていた、若《わか》いスタッフがこんなことをいい出した。

「あの……それって、黒いジャージに白い線の入った？」

「おお、その通りだよ。あれ、だれ？　おれから特別敢闘賞《かんとうしょう》を与《あた》え……」

「いないんです」

若《わか》いスタッフが、わたしの言葉をさえぎっていった。

「は？　なにが、いないって？」

わたしは、そのスタッフに聞き返した。

「ですから、そんな服着たスタッフ……ここにはいないんですよ」

「いない……って、じゃあなんで、その男のいでたちを、君が知ってるの？」

「ぼくも……ぼくも、さっき、すれちがったんです……」


冬の海岸でのことだ。

追ってくる

六年ほどまえ、都内のある場所で体験したことだ。時期は六月ごろだったように思う。

都内のスタジオで仕事をすませたわたしは、友人の家へと向かっていた。雨のそぼ降《ふ》る中、かさを手に、そこそこ急な坂を登っていく。周辺は、車の入っていかれないような、せまい路地ばかり。彼《かれ》の家はこの坂の頂上《ちょうじょう》にあり、訪《おとず》れるたびに、まるでなにかの〝ばつゲーム〟でも受けているような気持ちになる。

しばらく登ったあたりで、わたしは、ふとあることに気が付いた。自分のものではない足音と息づかいが、かなりの至近距離《しきんきょり》から聞こえる。

思わずふり返ってみるものの、音の主の姿《すがた》はない。

気のせいだと自分にいい聞かせ、再び登り始めると、またうしろから、はたはたと聞こえてくる。

周囲には、あまり街灯がなく、都内にしてはやけに暗い場所だ。

そんな中で、真うしろから聞こえてくる足音と息づかい。

生来のこわがりであるわたしの歩みは、いうまでもなく速まっていた。

すると、いきなり……


ガサガサガサガサッ！


わたしの真横を、まるでレジぶくろを、両手でワシャワシャとこすりあわせたような音が、すごい勢いで通り過ぎていった。

せまい坂道からは、なにやらいわくがありそうな、古い石段《いしだん》がのびている。びっくりするわたしをしり目に、その音はその勢いのまま、石段《いしだん》を上っていった。

（きっと、風でビニールぶくろかなんかが、飛んでいったんだろう……）

無理に自分にそういい聞かせる。

しかしその日はまったくの無風状態で、ただただ朝から雨ばかりが降《ふ》っていた。

おそるおそる坂を登りきり、最後の石段《いしだん》を上ろうと、一方の足をかけたときだった。

ういひひひひぃぃぃぃ……いぃひひひひぃ

それはわたしのすぐうしろ、いや、まるでわたしの後頭部に、ぴったりくっついているかのような場所から、ひびきわたった。

「うわあああああっ!!」

いっさいうしろをふり向くことなく、まるで転げるようにして、石段《いしだん》を駆《か》け上がったわたしは、格子戸《こうしど》を開け、友人の家の庭内に転がりこんだ。

なんとか友人に部屋へ上げてもらい、たったいま、わたしが、体験したことを口早に話す。

ところが……

「おお、おまえんとこにも出たか。うはは、そうかそうか」

のんきな反応が返ってくる。

「いやいやいやいや。『そうかそうか』じゃねえだろ！　ありゃいったい……」

「心配すんな。ありゃ、昔から、このへんにいるんだ」

「『いる』って、なんだよ！」

「なんだか知らんが、白くて丸い生き物でな……。たまぁに、家の中にも入ってくる」

「……平気なのかよ？」

わたしは、なんだか拍子《ひょうし》ぬけして問いかけた。

「もう慣れた。そんなことより、めし食おう！」

あれを〝生き物〟という男だ。そうでなければ、こんなところに、住めるはずがない。

それ以来、なかなかその家に足が向かなくなったことは、いうまでもない。

わたしが心霊《しんれい》スポットへ行かない理由

三十年ほどまえ、まだ二十代だったわたしたちは、仲間内では有名になりかけていた一軒《けん》の幽霊屋敷《ゆうれいやしき》にきていた。

その数日まえ。

「あそこは、まじでやばい気に満ちててだな……」

それなりに怪異《かいい》な経験をしているわたしは、必死で説明するが、友人の正人《まさと》は、幽霊《ゆうれい》なんかいないの一点張り。

「だったらいっそのこと、みんなで行ってみりゃいいじゃねえか」

和也《かずや》がそう提案して、結局、行くことになってしまった。

「……なにが起こっても、おれは知らねえからな」

なんだかいやな予感がした。それほど、そこは危険《きけん》な場所だったのだ。

その家のうわさは元々、わたしがある友人から仕入れたものだった。

うっそうとしげる雑草をかき分けて進んだ先に、忽然《こつぜん》と現れる、〝洋館〟。そこはいわゆる〝廃墟《はいきょ》〟になっていた。

数十年まえ、この家に強盗《ごうとう》がおし入り、そこに住む女性を殺した。

それからというもの、その家にはさまざまな怪異《かいい》が立て続けに起き、その後に入居した者たちを、この上ない恐怖《きょうふ》におとしいれるという。

まだ車の免許《めんきょ》を取るまえに、わたしはバイク仲間をつのって、その家を探《さが》した。ようやく見つけ出し、やっとのことで玄関《げんかん》へたどり着いたものの、そこから先へは、どうしても足が進まない。

家全体に形容しがたい悪気が満ちあふれ、とてもではないが、家の中まで入ることができなかったのだ。

結局、そのときはそのまま引き返すこととなった。

実は、そこに足をふみ入れる気になれない本当の理由。それは、わたしが事前に聞いていた、その家にまつわる、ある〝うわさ〟だった。

強盗《ごうとう》におし入った人物は、家人を殺したあと、遺体《いたい》の首にロープをかけ、天井《てんじょう》の梁《はり》からつるして逃走《とうそう》した。

その後、遺体《いたい》は、だれに発見されることもなく、一年近く経過し腐敗《ふはい》。骨《ほね》がはなれ、支えを失った首が体の重みでどんどんのびてしまい、発見されたときには、ろくろ首のようになっていたという。

その後、その家で目撃《もくげき》されたという幽霊《ゆうれい》は、被害者《ひがいしゃ》女性が発見されたときの姿《すがた》だったというのだ。元来、生粋《きっすい》のこわがりであるわたしが、これに衝撃《しょうげき》を受けないはずはなかった。

しかし若《わか》いときの興味というのは、それが強烈《きょうれつ》であればあるほど、かき立てられるもの。〝こわいもの見たさ〟も相まって、よせばいいのに、わたしはまたこの家に向かっている。

午前一時。

郊外《こうがい》のファミレスにいったん集合した我々《われわれ》は、問題の家に向かって出発した。

先頭を行くのは正人《まさと》、そのあとをわたしの他《ほか》、計六台の車で向かう。

片側《かたがわ》三車線の国道をしばらく走り、とちゅうから町道へと左折。そこからはひたすら一本道
……と、先行する正人《まさと》には伝えてある。

だいぶあれた道に入っていく。神経質な正人《まさと》は、車を傷《きず》つけないように、道路にでこぼこがあるたびに、スピードを落とす。それがまた見ていて、あぶなっかしい。


問題の家に到着《とうちゃく》した一行は、そのすぐ裏手《うらて》にある空き地に車を停《と》めた。

なにかあったときにすぐ脱出《だっしゅつ》できるよう、すべての車をUターンさせ、出口の方を向く形で一列に並《なら》べておく。

二十人近い男女が、手に手に懐中《かいちゅう》電灯を持って進む。

「おい、これってどこから入るんだよ？」

「ほれ、そこの草むらの……そのけもの道を入って行くんだよ」

正人《まさと》の問いに、わたしが答えた。前回きたときにも増して草が生《お》いしげり、軽く我々《われわれ》の身の

丈《たけ》をこしている。

そこにだれがつけたともわからないけもの道のような細い道があり、それをたどって進むと家の玄関先《げんかんさき》にたどり着く。

「なぁんだこれ？　これが幽霊屋敷《ゆうれいやしき》だっての？　なんてこたあねえ、ただのぼろ家じゃねえか」

正人《まさと》がそういった瞬間《しゅんかん》、持っていた懐中《かいちゅう》電灯の灯《あか》りが、ふっつりと消えた。

「あれ？　なんだこれ？　ったく、さっき買ったばっかかなんだぞ！　ふざけんなよな」

そうさけぶと、正人《まさと》は持っていた懐中《かいちゅう》電灯を、力いっぱい放り投げた。

それは、玄関《げんかん》横手にある窓《まど》に飛んでいき……

ガッシャアーンッ！

大きな音がして、窓《まど》ガラスは粉みじんにくだけ散ってしまった。

「おい！　なにやってんだ！」

わたしは正人《まさと》に向かってどなった。

「チェッ！　関係ねえっつうの、こんな家。だれも住んでねえんだろ？　だったらなにも……」

そういいかけた正人《まさと》の視線《しせん》が固まった。

あっけにとられたその表情におどろいたわたしは、正人《まさと》の視線《しせん》の先に灯《あか》りを向ける。それは玄関《げんかん》上にある二階の窓《まど》だった。

「あ……あ……」

そこには左から右へと、すべるように移動する人かげがうかび上がっていた。


「うわわっ!!　なんだあれっ！」

「ギャーっ！」

「走れ走れ走れっ！　車んとこっ！　早くっ!!」

異常《いじょう》に気付いた一団はパニックになり、我先《われさき》にと乗ってきた車のもとへ駆《か》け出す。

そのとたん、背後《はいご》から聞こえてきたあの声……。

それは、いまでも忘《わす》れることができない。

ギュッ……ギュッ……ギュ────ッ!!

「ぎゃ────っ!! なんかきたっ! なんかきたーっ!!」

「うわあああああああああああっ!!」

周囲に怒号《どごう》がひびく中、真っ先に駆《か》けて行く男の姿《すがた》が確認《かくにん》できた。……正人《まさと》。

車を停《と》めた空き地へ着くと、正人《まさと》は車に飛び乗りエンジンをかけ、いっしょに乗ってきた和《かず》也《や》を置き去りにして、走り出そうとしている!

「正人《まさと》! ちょっと待てや!」

和也《かずや》はそうさけぶと、むりやり助手席のドアをこじ開けて、正人《まさと》の車に飛び乗った。そのま ま、正人《まさと》は全開状態で走り出した。

そのようすに、なにかふつうでないものを感じたわたしは、乗せてきた友人を急いで拾うと、正人《まさと》の車を追走した。

当時、わたしの車は負け知らずで、相手がどんな車であろうと〝向かうところ敵なし!〟というのが自慢《じまん》だった。

ブエエエエエエエエエエエ——……パンッ！

わたしの車特有のサウンドが、周囲にこだまする。

やっとのことで、正人《まさと》の車のテールランプをとらえた。

やはり正人《まさと》は常軌《じょうき》をいっしている。くるときは、あれだけ神経質になって走っていたのが、いまは減速ひとつせず、まるで飛びはねるように疾走《しっそう》している。

「お、おい、まずいぞ！　この先は国道じゃねえか！」

わたしの車の助手席に座《すわ》った山田が、すっとんきょうな声を上げるが、そんなことは先刻《せんこく》、承知の上だ。

ようやく正人《まさと》の車に追いつき、わたしはライトをパッシングしながら、なんどもクラクションを鳴らすが、正人《まさと》はまったく反応しない。

わたしは、正人《まさと》の車のまえに出てブレーキをかけ、車同士をぶつけてでも止めようと考えた。ところが、正人《まさと》は、センターラインをまたぐような形で走っているため、追いぬくことは不可能であった。

そうこうするうちに、はるか前方に信号が見え出した。しかしそれでも正人《まさと》は、一向に速度を落とす気配がない。

国道はどんどん近付いてくる。わたしの頭に、最悪のシナリオがうかぶ。そのときだった。


なか……む……ら……


頭の中にひびいてきたのは、まぎれもなく正人《まさと》の声だった。

「だめだっ！　中村っ！　だめだーっ！　ブレーキふめーっ!!」

山田の悲鳴にも似た怒号《どごう》が車内にひびき、はっと我《われ》に返ったわたしは、力いっぱいブレーキをふみこんだ！

ギャギャッ!!　キッキキイイイイ――――ッ!!

そのとたん、すぐ目のまえにいた正人《まさと》の車が、ものすごいスピードで前方へ遠ざかっていくのが見えた。

わたしはさけんだ。

「正人《まさと》ーッ！」

ドグワッシャアッ!!

ほんの一瞬《いっしゅん》だった。

あのままのスピードで国道に飛び出した正人《まさと》の車は、右からきた大型トレーラーに、いとも簡単《かんたん》に連れ去られてしまった。

正人《まさと》の車と衝突《しょうとつ》したトレーラーはコントロールを失い、交差点の角に設置された、大きな看《かん》板《ばん》の支柱を支える基礎《きそ》コンクリートにつっこんだ。

「うわあああああっ！　正人《まさと》ーっ！」

目のまえで起こってしまった凄惨《せいさん》な事故……。

急いで駆《か》け寄ったわたしが見たものは、トラックのバンパーとコンクリートの間にはさまり、変わり果てた正人《まさと》の姿《すがた》だった。

助手席に乗っていた和也《かずや》は、横にあった水路まで飛ばされ、顔を六十三針《はり》も縫《ぬ》う大けがを負いながらも、一命を取りとめた。

数週間後、面会謝絶が解かれ、見まいに行った我々《われわれ》に、和也《かずや》はこんなことを話してくれた。

「なにがなんだか、わからなかった。走り出そうとする正人《まさと》の車に、おれが飛び乗ってすぐ、とんでもないことが起きている……と気付いたんだ。

……うしろの席に……見たこともない婆《ばあ》さんが乗ってたんだよ。その婆《ばあ》さんが、うしろから正人《まさと》の顔と首につめを立てて、〝ギュッギュッ〟ってさけぶんだ。……その顔がおそろしくて、なんども車から飛び降《お》りようとしたんだが、あのスピードだろ？　とてもじゃないが、おれにそんな勇気はなかった」

それは、極端《きょくたん》な状況下《じょうきょうか》で、和也《かずや》が見た幻覚《げんかく》だったのだろうか。

それに事故を起こす寸前《すんぜん》、わたしの頭の中にひびいた、あの正人《まさと》の声は……。

それ以来、わたしは、興味本位で怪異《かいい》を求めることはなくなった。

実はこの話、あとにも先にも〝文字〟にして表現したのは、これが初めてである。

それはなぜか？

〝友人の死〟そのものが、背景《はいけい》にあることはいうまでもない。

だが、それにも増して、〝書いてはいけない〟との思いに駆《か》られていた理由……。

それは、どこからともなく、〝あれ〟が聞こえるからだ。

いまもこうして、パソコンに向かって打っているうしろから、部屋のすみから、二階から
……ときおり〝あれ〟が聞こえてくる。


ギュッ……ギュッ……

ヘビの話

二十年ほどまえ、わたしはとても不思議な経験をした。

季節は春。山野には、わたしの大好きな山菜が芽ぶいている。

久しぶりに北海道へ里帰りしていたわたしは、気心の知れた旧知の仲間、数人をさそい、山菜狩《が》りに出かけることにした。

支笏湖畔《しこつこはん》から道をそれ、まだところどころに、残雪が見て取れる山道へと分け入る。

コゴミにゼンマイ、ワラビにタラの芽……。またたく間に、手持ちのふくろは、天然の滋味《じみ》でいっぱいになった。

しばらく歩いていくと、道の中ほどに、なにか落ちているのが見てとれる。近寄って見ると、ヘビの死骸《しがい》。そこそこ大きい青大将《あおだいしょう》だった。

そこは未舗装《みほそう》の山道といっても、ふつうに車が通れる道で、ヘビは安心して出てきたところを、おそらく車にふまれてしまったのだろう。

（かわいそうに。このままじゃ、また別の車にふまれてしまうな……）

そう思ったわたしは、その青大将《あおだいしょう》を手でつかみ、草の生《お》いしげる方へ寄せてやった。

その晩《ばん》、寝入《ねい》りばな、まくら元にヘビが立った。

ヘビといってもふつうのヘビではなく、〝ヘビと思われる女性〟といった方が、正しいかもしれない。

すいっと立ち上がったその姿《すがた》は、まるで天女《てんにょ》のように美しかった。

「うれしやなぁ」

ガラスのようにすき通った声で、ひとこと、その人はいった。

そして、にっこりとほほえむと、大きなフクロウに乗って、天空へと消えていった。

なんでも〝それ〟にかこつける気は毛頭ないが、わたしの中では、あれはまさしく〝ヘビ〟だったと、いまでもそう思っている。

子ども用プール

わたしとは旧知の仲である山吹《やまぶき》が、神奈川県《かながわけん》内に家を建てた。

そんなに大きなものではないが、夫婦《ふうふ》と小学生の子どもの三人家族には、ちょうどいいサイズ。一生懸命《いっしょうけんめい》働いてためたお金を頭金に、数十年のローンで購入《こうにゅう》した。

「小さいながらも庭も造れたし、収納《しゅうのう》もバッチリ！　ああ……ここはおまえの家をまねたんだけどな」

そういって、初めて持ったマイホームのことを、自慢気《じまんげ》に話す山吹《やまぶき》だったが、しだいに顔をくもらせていく。

「なんだ？　どうかしたか？」

「庭にな……」

わたしの問いかけに、山吹《やまぶき》はぽつぽつと話し始めた。

「子どもが欲《ほ》しがるもんで、この間、近所のホームセンターへ行って、ビニールプールを買ってきたんだ」

「おお、あれはふくらませるのも、たたむのも、結構めんどうだよな。うちの子も……」

「あれに水を張った、その日のことなんだがな……」

わたしの言葉は、山吹《やまぶき》の頭にまったく入っていないようだった。

山吹《やまぶき》が話を続ける。

「その日の晩《ばん》、外へタバコを吸《す》いに出たんだが……だれか入ってるんだよ」

「おいおい。もうちょっとわかりやすく、話してくれないかな」

「あ、ああ。悪いな。つまりな……」

山吹《やまぶき》の話はこうだった。

子どもにせがまれ、ある日曜日に、ビニールプールを買ってきた山吹《やまぶき》。

さっそく、その日のうちにふくらませて水を入れ、近所の友だちを呼《よ》んで、子どもたちは楽しそうに遊んでいた。

その日の晩《ばん》、家の中ではタバコを吸《す》わない山吹《やまぶき》は、寝《ね》るまえに一服するため玄関先《げんかんさき》へと出た。

すると庭の方から、ジャブジャブと水の音が聞こえる。

(まさかこんな時間にうちの子が!?)

そういぶかって、そうっと庭をのぞくと、真っ暗な庭先で、さらにそれを上ぬりしたような、漆黒《しっこく》のシルエットがうごめいている。

その動きを目で追ってみると、子どもが遊んだときに使ったままになっている手おけを使い、プールにつかった自らの体に水をかけている……。

それはまさしく、ひと昔まえの〝行水《ぎょうずい》〟そのものだった。

山吹《やまぶき》はごくりとつばを飲み、数歩、歩み寄ったところで「だれだ!」と声をかけた。


「その瞬間《しゅんかん》、ゼロになった」

「ゼロになった?」

意味がわからず、わたしは聞き返した。

「そうだ。よくおまえなんかが使う表現で『煙《けむり》のように』とか、『足からすーっと』なんていい方をするだろ？　そうじゃないんだ。その人物が持ち上げてた手おけがな、おれが声をかけたとたん、『カポーン』と音を立てて水面に落っこちた。そのとたんゼロになった。……なにもなかったかのように平常にもどったんだよ」

「見まちがいじゃないのか？」「最近ホラー映画《えいが》を見なかったか？」

わたしは立て続けに、そんな質問をぶつけてみたが、返事はいずれもノーだった。

山吹《やまぶき》はわたしと同い年だが、そんな話を聞いたのは、あとにも先にも、そのときだけだった。

「それからどうした？」

「明るくなるのを待って、プールをのぞいてみたんだが、『ああ、これはもう捨《す》てるしかないな』と思ったよ……」

水面にはギトギトとした脂《あぶら》がうき、底の方には得体の知れない〝なにか〟の固まり然としたものが、うようよとただよっていたという。

「実はな。ちょっと思いあたることがあるんだ。つい先日なんだが……水死した女性をとむらったばかりだった」

そう、山吹《やまぶき》は葬儀屋《そうぎや》だ。

呪《のろ》いのターコイズ

二十歳《はたち》くらいのころ、一時期、シルバー細工の指輪にこったことがあった。

いちばん好きだったのは、いまでもよく店先で見かけるが、さまざまな細工をほどこしたリングに、天然石がついているタイプ。

その日も、あるショップに、大きくつばさを広げたイーグルが、ターコイズ（トルコ石）をかかえているデザインのリングを発注した。

石はそこらにあるようなものではなく、〝くもりのない、すみ切った色〟という、店にとっては、めんどうな注文を付けた。

ターコイズは元々透明《とうめい》な石ではないので、この注文は大変難《むずか》しかったはずだ。しかし、しばらくしてショップから「注文品が完成した」との連絡《れんらく》があり、わたしは、さっそく受け取りに向かった。

ところが、とちゅうで車の調子が悪くなり、その日はやむなく断念。

翌日《よくじつ》、修理工場から借りた代車で、ショップに向かったのだが、やはりとちゅうで、同じように車の調子が悪くなり、たどり着けない。

意地になったわたしは、なにがなんでもショップに行ってやろうと奮起《ふんき》し、車を駐車場《ちゅうしゃじょう》に入れ、電車を使って向かうことにした。

なんとか目的のビルに到着《とうちゃく》し、目あてのショップが入っている四階へ上るため、エスカレーターへ。一階から二階、そして、三階から四階へと続くエスカレーターに乗ったときだった。

目的の四階にいる数人の人物が、あわただしく動き回っているようすが見える。

なにごとかと思い、足早にエスカレーターを駆《か》け上がって、おどろいた。

わたしが、行こうとしているショップのオーナーが、担架《たんか》にのせられ、いままさに運ばれようとしている。

「どうしたんですか!?　なにがあったんです?」

なじみの女性スタッフを見つけ、声をかけてみるが、はげしく動揺《どうよう》している彼女《かのじょ》は、とてもまともに話ができる状態ではなかった。

数日後、ショップのオーナーから、わたしに連絡《れんらく》があった。

「本当にごめんなさいね。実はちょっと、お話ししたいことがあるんですが、今日どこかでお会いできませんか？」

あの日以来、店は閉《し》めているということで、彼女《かのじょ》とは他《ほか》の場所で落ち合う約束をした。

「実は……こんな話、常軌《じょうき》をいっしてると思われても仕方ないんですが……」

その後、彼女《かのじょ》から聞かされた話はこうだった。

わたしの発注したリングを作るため、ふだんからなじみの石の卸元《おろしもと》へ行った。

しかしそこでは、わたしが依頼《いらい》した〝すみ切った色〟の石は見あたらなかった。

そこで彼女《かのじょ》は方々を探《さが》し回り、あるひとりの宝石商《ほうせきしょう》を見つけ出したという。

その男はペルシャ語しか話せず、辞書をたよりに、自分が求めているものを伝えた。

「数日待て」

無表情にそう答えた男は、そのままどこかへ消えていった。

三日ほどした深夜のこと、彼女《かのじょ》のもとに一本の電話が入った。

「先日、落ち合った同じ場所にこい。先日、落ち合った同じ場所にこい」

機械的に同じ言葉をくり返す男に、彼女《かのじょ》はひとかたならぬ不安と恐怖《きょうふ》を感じて、店の者をともない、約束の場所へと向かった。

ところが男はおらず、そこに現れたのは、すらりと背《せ》の高い中東系《けい》の女性。

頭からすっぽりとかぶった黒いベールから、目だけをのぞかせ、なにもいわずに商品を手わたす。

「khoda negyarda《ホダ ネギャルダ》」

小さな声でそういうと、代金を受け取り、彼女《かのじょ》は足早に去っていった。

オーナーの手に残された、布で大切に包まれた小さな石。布を開いてみると、それはいままでに見たことのない〝すみ切った〟空の色をしていた。

「じっと見つめていると、まるで吸《す》いこまれそうな色だった……」

オーナーはそう表現した。

ところが、その日から彼女《かのじょ》のまわりに、さまざまな怪異《かいい》が起こり始める。

いままで経験したことのないほどの疲労感《ひろうかん》に加え、昼間であるにもかかわらず、やたらとねむくなる。そして、うとうとし出すと、ペルシャ語が聞こえてくる。

「ab《アブ》 bedeh《ベデ》 be《ベ》 man《マン》! ab《アブ》 bedeh《ベデ》 be《ベ》 man《マン》!」

気になった彼女《かのじょ》は、発音をたよりになんとか、その意味を調べた。どうやら「水をくれ！水をくれ！」という意味らしい。

怪異《かいい》は次第《しだい》に、店の中にも現れ始める。

いるはずのない人物を目《ま》のあたりにしたスタッフは、その日のうちに店を辞《や》めてしまった。

「ターバンを巻《ま》いた男が、店のおくで、内臓《ないぞう》のようなものを口からはいてるんです……」

辞《や》める理由を聞くオーナーに、そのスタッフは涙声《なみだごえ》でそういった。

そしてわたしが店に向かった日、到着《とうちゃく》する寸前《すんぜん》に、オーナーは店内でたおれた。

「あれは貧血《ひんけつ》ということになっていますが……実はそうではないんです……」

目のまえに座《すわ》る彼女《かのじょ》は、本当に貧血《ひんけつ》を起こしそうなほど、白い顔をしていった。

「差し支《つか》えなければ、聞かせてくれないかな」

「実は……とつぜん目のまえに、血だらけのターバンを巻《ま》いた男性が現れて……あたしの顔めがけて……自分の顔を思い切りぶつけてきたのです」

「顔を！　……ですか」

その光景を思いうかべて、わたしは身ぶるいして、聞き返した。

「はい。……しかもその目には……眼球がありませんでした……」

彼女《かのじょ》は、その石をある国の大使館員へ預け、事情を説明して、祖国の土にうめてもらったという。

その後、再開した彼女《かのじょ》のショップは急激《きゅうげき》に成長し始め、いまでは十数か所の支店を展開《てんかい》している。

そう、まるで、なにかに見守られているかのように……。

乗ってる……

もう、十数年もまえになろうか。

貴重《きちょう》な名車の中古ものが青森で出た。年式は昭和四十六年型。エクセレントと呼《よ》ばれるグレードで通常のその車より少しノーズが長く、エンジンもちがう、わざわざ東北まで出向く価《か》値《ち》のある、特別な車だった。

元々のオーナーからは「自走もぜんぜん可能ですよ」とはいわれていたが、素性《すじょう》のわからない古い車で、東京までの七百キロを走ってくるのは、いささか勇気が必要だった。

そこで友人から、四トンの新しい積載車《せきさいしゃ》を借りて、のんびり運んでくることにした。

現地へ到着《とうちゃく》後、すぐに現車を確認《かくにん》する。

実にすばらしい！　これはいい！

カラーはリペイントされてはいるものの、ちゃんと純正《じゅんせい》のクリームイエローがかかっている。エンジンは往年のファンにはたまらない〝いじり方〟がされていて、音もゴンロゴンロと実に元気がいい。


急ぐ旅ではないが、一般道《いっぱんどう》でいくほどひまでもなく、帰りも高速道路を使うことにした。

青森を出てしばらく走り、宮城県《みやぎけん》に入ったところで、ふと、おかしなことに気付く。

うしろにのせている車の挙動がおかしい。

ルームミラーをのぞく。

のせている車は、ほんの数十センチほど、うしろに見えるのだが、どうもそれがトラックの振動《しんどう》とはちがう動きを示している。

そう、いうなれば、なに者かが故意にゆらしている、そんな感じだった。

うしろにばかり気を取られていたわたしを、最大限におどろかせたのは、次の瞬間《しゅんかん》だった。

「はい、左を走る積載車《せきさいしゃ》、このパトカーのうしろについて、減速してください！」

ものすごいでかい声が、横で鳴りひびく。このときばかりは、心臓《しんぞう》ばかりか、他《ほか》の臓器《ぞうき》まで止まる思いだった。

そのドキドキのまま、北上金ケ崎《きたかみかねがさき》パーキングエリアまで、わたしは〝曳航《えいこう》〟されていった。

しかし合点《がてん》がいかない。スピードは出しておらず、トラックにも特別な違反箇所《いはんかしょ》はない。

憮然《ぶぜん》とするわたしに、パトカーから降《お》りてきた、小太りの高速道路交通警察《けいさつ》隊員がいった。

「おたくねぇ、だめだな、人乗せちゃ！」

なにをいってんだか、まったくもってわけがわからなかった。

当然ながらわたしはひとりだ。すると隊員が続ける。

「なにしてるの？　早く降《お》ろして降《お》ろして！」

「はぁ？　冗談《じょうだん》じゃないよ、めんどくさいな！　だいたい積載《せきさい》してる車を取りしまる法案でもできたの!?」

「車？　そうじゃなくて、『うしろの車に乗ってる人』のことをいってるんだよ！　積載《せきさい》している車に、人乗せたらだめなの、わかってるよねぇ!?」

わたしは速攻《そっこう》、その中古車を手放した。

情け《なさけ》が仇《あだ》

いまから数十年まえ、わたしは産業廃棄物《はいきぶつ》を収集《しゅうしゅう》・運搬《うんぱん》する会社を営んでいた。

産業廃棄物《はいきぶつ》とひと口でいっても、その種類や様相は実にさまざまだ。

特殊《とくしゅ》な許可が必要となる医療系廃棄物《いりょうけいはいきぶつ》をはじめ、建設現場などから出る木材の切れはしやタイル、レンガ、自動車部品製造会社から出るプラスチックや、ゴムの切れはし……。

その中でも意外に大変なのが、某《ぼう》大手私鉄《してつ》からうけおった〝駅ゴミ〟だった。

タバコの吸殻《すいがら》に、食べ物の残骸《ざんがい》、あきらかに持ちこまれたと思われる家庭ゴミ、読み古された雑誌《ざっし》に新聞紙、トイレに捨《す》てられた汚《よご》れた下着や衛生用品……。

駅の清掃員《せいそういん》が集積したそれらのゴミが、大きなポリバケツに、はちきれんばかりにつめこまれている。

それが一駅に平均十本以上あって、都内のある駅からスタートして終点の駅まで、合計数百本を回収《かいしゅう》するのだ。

通常の収集車《しゅうしゅうしゃ》ではこと足りないため、大型プレスパックという特殊《とくしゅ》なものを使用する。

また鉄道会社との契約《けいやく》で、スタッフの入れかえが認《みと》められず、専属《せんぞく》の人員を用意しなければならなかった。わたしは休日対応を考慮《こうりょ》して、AとTという、二名の社員を専有《せんゆう》スタッフとしてそろえた。

その仕事がスタートして、半年ほどたったある深夜のこと。

そろそろ寝《ね》ようと床《とこ》についたところで、とつぜんAから電話が入った。

「すみません、社長、なんだか熱っぽいんで測ってみたら、三十九度あるんですよ。どうしたらいいでしょう?」

「どうしたらって、そりゃゆっくり休むのがいちばんだろ? 休日対応のTには電話したのか?」

「さっきから、なんども自宅《じたく》にかけてるんですが、ぜんぜん出ないんですよ」

「あっ……」

わたしは、Tのところに、子どもが生まれたばかりなのを思い出した。

「あいつのとこ、子どもが生まれたばかりだろ？　しばらく、嫁《よめ》さんの実家だわ」

「あっちゃ～」

まだ携帯電話《けいたいでんわ》が普及《ふきゅう》していないころで、出産直後の嫁《よめ》さんを置いて、呼《よ》び出すのも気の毒なので、わたしが代わることにした。

「いいよいいよ。今日はおれが行くから、おまえはとにかく、いまから病院行って、薬飲んで寝《ね》てろ」

「すんません！」

すぐにわたしは、最初の駅に向かった。

手順はわかっている。……つもりだったが、とにかくだれもいない深夜の駅構内は、超絶《ちょうぜつ》、気味が悪い。

それでもなんとか一駅一駅、順にこなしていき、東京都下の駅に到着《とうちゃく》したときには、東の空がほんのりと白んでいた。

「ふうーっ！　残りあと……七駅か。もうちょいだな」

固まりかけた腰《こし》を必死にのばしながら、空をあおぎ、ゴミが集積されている納屋《なや》に続く鉄とびらに、手をかけたときだった！

おおぉぉぉぉぉぉ～……


「うわっ！　……とっと……びっくり！　な、なんだ？」

まるで地の底からひびいてくるような、男数人のうなり声が聞こえる。それもまるで集団で読経《どきょう》しているような、そんな声だった。

おそるおそるかんぬきを引き、ゆっくりとドアを開けて、真っ暗な納屋《なや》の中を見まわす。

なにもない。無論《むろん》、だれもいない。

あたりまえだ。この臭気《しゅうき》の中で、じっとたたずんでいられるのは、ある意味、超人的《ちょうじんてき》だった。

ほっと安堵《あんど》のため息をつき、わたしは、集積されたゴミを手まえから片付《かたづ》けていく。

十数本に上るポリバケツを、そこから引っ張り出し、あとは数個の段《だん》ボールが残るだけだった。

「……あれ？　なんだい、こりゃ？」

いちばんおくに置かれた段《だん》ボールの上に、スポーツバッグが置かれている。それも、いまはなつかしいマジソンバッグだ。

「なにが入ってるんだろう？」

そう思いながら、わたしは、ぴったり閉《と》じたファスナーを開けてみる。

歯ブラシ、洗《あら》い立てのシャツ、なんとかいうタイトルの自己啓発《じこけいはつ》本……。そしていちばん底から出てきたのは、小さなふろしき包み。なにかとても大切なものを包むように、しっかりと上で結ばれている。

俄然《がぜん》、興味がわいたわたしは、ためらうことなく、それを開けてしまった。

出てきたのは、二対《つい》の数珠《じゅず》と経本《きょうほん》。数珠《じゅず》の様式を見て、どこの宗派《しゅうは》のものか、わたしにはだいたい判別がついた。色と長さからみて、おそらくは夫婦《ふうふ》で使っていたものだろう。

鉄道会社と交《か》わした契約《けいやく》では、〝集積場にあるものはすべて回収《かいしゅう》のこと〟となっている。とはいえ、そのままゴミとして回収《かいしゅう》するのは、非常にためらわれた。

（こんな大事なものを……。ちょっと駅事務所に問い合わせてみるか）

わたしは、包みを持って駅事務所に向かい、現物を見せて事情を話すと、思ってもみない返答がきた。

「それは『忘《わす》れ物』じゃないんです。あくまでもゴミとして、『捨《す》ててあった』ものなんですよ。うちの方としても、車内や構内に忘《わす》れられていたのなら、拾得物《しゅうとくぶつ》として、一定期間、保管するんですが……」

「では、あくまでもゴミとして回収《かいしゅう》しろと?」

「まぁ、そういうことになりますかねぇ」

確かに駅側の見解もわからなくはない。

(こうして開けてしまったのもなにかの縁《えん》か……)

わたしは取りあえず、それを家に持ち帰り、近くのお寺に納《おさ》めようと考えた。

ところが、このわたしの〝情け心〟が、とんでもない事態を引き起こす。

数珠《じゅず》の入った包みを持ち帰った翌日《よくじつ》、さっそく思いあたる宗派《しゅうは》のお寺を探《さが》してみた。

ある一軒《けん》のお寺を見つけ、事情を話すが、そのお寺の宗派《しゅうは》のものではないという。

時間的にもそれ以上、探《さが》す余裕《よゆう》もなく、なんとなく数珠《じゅず》のことはそのままになり、わたしは自宅《じたく》のたんすに、それをしまいこんでしまった。

それからしばらくしたころ、ある日を境にわたしは、毎晩《まいばん》、金縛《かなしば》りにおそわれるようになった。しかも尋常《じんじょう》ではない〝気〟を、周囲に感じ、霊《れい》現象といっていいものを、さんざん見させられた。

線路にわたしは立っている。と、そこへ電車がきて、まともにわたしは、それにひかれてしまう。これはこわかった。

電車の車輪に巻《ま》きこまれて、バリバリバリッと、自分の体がくだけるのがわかるのだ。

またある日は、部屋になに者かが現れて、寝《ね》ているわたしの足元から、かけ布団《ぶとん》の上をカサカサカサッと登ってくる。

なんとか金縛《かなしば》りをふりほどいて、正気を取りもどしているのに、それが消えることはなく、さらに上へと登ってくるのだ。

その気味悪さはたとえようもなく、たまらず家を飛び出て、近くのファミレスで一夜を明かしたこともあるほどだった。

とにかく、毎日のようにそんな現象が頻発《ひんぱつ》し、わたしは、身も心もつかれ切っていた。

ここまで読んできた読者のみなさんは、すでに、それはあの〝拾ったもの〟のせいだと気付くだろう。

しかし、これだけ異変《いへん》を感じていながら、わたしは、まったく原因があの数珠《じゅず》だということに、思いいたらなかった。このこと自体もまた、不思議でしかたないのだが、だからこそ、わたしは、さらに数週間の間、数珠《じゅず》を放置してしまったのだ。


(あれ!?)

ある夜のこと、寝入《ねい》りばなに、いままでにない〝異質《いしつ》な雰囲気《ふんいき》〟を感じた。

(なんだろう、この感じ……。いままでにあった〝気味の悪い気〟じゃないな)

文章でうまく表すのは難《むずか》しいが……そう、すごく気の許せる、血のつながりのある人が、そばにいてくれる……そんな感じとでもいおうか。そんな気を感じた。

(やあ、今日はなんだか、ぐっすり寝《ね》られそうだぞ)

そう思い、一気にねむりのふちへ……と、そのときだった。

……グリッ

なにか耳元で音がする。

……グリリッ

……グリッグリッ……グリリッ！

(な、なんだこの音っ！)

グリィグリィグリィ……ジャッジャッ！　シャカッシャカッ!!

「うわあああああっ！！！」

それがなんの音であるかに気付くのに、そんなに時間は要しなかった。

そうだ。これは……これは、両手で数珠《じゅず》をすり合わせる音だ！

「じゅっ、じゅっ、数珠《じゅず》!!」

布団《ふとん》から飛び起きると、わたしは、すぐにたんすの引き出しを開けて、ふろしき包みを取り出した。

帰りたがっている……。

〝もどるべきところへ、もどりたい！〟という念を、強く感じる。

翌朝《よくあさ》、わたしは早めに家を出ると、家の近くのお寺を訪《たず》ねた。

ご住職に、ことの次第《しだい》を話すと、ふたつ返事で数珠《じゅず》を受け取っていただけた。

安心して寺の門をあとにしたが、車に乗りこんだとたん、ふっとなにかが耳元をかすめた。

「……み……げ」

（ん？　いまのなんだろう？）

「妙《みょう》……法蓮《ほうれん》……華経《げきょう》……」

「なっ！　い、いや、気のせいだ。考え過ぎだ、うん」

しかし、それは気のせいではなかった。

その晩《ばん》のこと。

床《とこ》につくと同時に、またもや強烈《きょうれつ》な金縛《かなしば》りにおそわれた。

そして、聞こえてきた。

「だめだ。それではだめだ。だめだ……だめだ……だめ……だ」

それは頭の中に低くひびきわたり、なんどもなんどもくり返される。

そして次に聞こえたのは、ひときわ異彩《いさい》を放つ、女性の声だった。

「ちゃんと『縁《えん》』を切りなさい！」

（なんだ？　縁《えん》……？）

「あっ！！！」

それを聞いて、わたしはやっと気がついた。

あのお寺に数珠《じゅず》と経本《きょうほん》を納《おさ》めた折、お布施《ふせ》、つまりお焚《た》き上げ料を寄進していないことに気付いたのだ。

霊界《れいかい》において、お金は実に重要な役割《やくわり》を担《にな》っている。縁《えん》を〝取り持つ〟のも〝絶つ〟のも、すべてお金によって、まかなわれると聞く。

なんだか俗《ぞく》っぽい話だが、それが〝地獄《じごく》の沙汰《さた》も金次第《しだい》〟の語源《ごげん》であるともいう。

昔から亡《な》くなった人のふところに〝六文銭〟をしのばせるのも、お金次第《しだい》で、あの世でのあつかいが変わってしまうからだ。

わたしが取った行動は、〝預けるだけ預けて、知らんぷり〟となってしまっていたわけだ。

翌朝早《よくあさ》くに、わたしは昨日のお寺へ出向き、「うっかりしてました」と、お布施《ふせ》をあらためて納《おさ》めた。

その晩《ばん》から、ぱったりと怪異《かいい》、霊異《れいい》的な現象はなくなった。

それどころか、夢の中で光りかがやく回廊《かいろう》に導かれ、しこたま、なぜだか豆腐《とうふ》をごちそうになったのだった。

この話のタイトルを「情けが仇《あだ》」としたが、わたしのそれからを決める、行くべくして行った道であったようにも思える。実に不可思議な体験だった。

生霊《いきだま》

生霊《いきだま》。


最近、数人の友人たちから、これについての相談を受けた。

正直、わたしも、その正体には言及《げんきゅう》しがたいものがある。

本当にあるのか？　そんなものはないのか？　〝ある〟〝ない〟だけでいうならば、それは前者に票を入れることになると思う。

わたしのブログでも書いたことがあるが、わたしも以前、肉体からぬけ出てしまった経験があり、それを数人の友人に目撃《もくげき》されている。

二度目にわたしの〝それ〟が出たのは、一度目の事件があったのと、同じころだったと思う。

その日わたしは、友人・山田の住むアパートに出向いていた。

当時お気に入りだったレスラーが出る、プロレスの中継《ちゅうけい》番組を見るためで、小さなテレビ画面に男ふたりが食いつくように見て、ふたりで大声を上げて楽しんでいた。


ビービーッ!!


するととつぜん、山田の部屋に設置されたブザーが鳴った。玄関《げんかん》の呼《よ》び鈴《りん》ではなさそうだ。

「なんだ?」

わたしが聞くと、「電話がかかってきたんだよ」といいながら、山田はそそくさと部屋を出て行った。

もう数十年まえのことだ。

若《わか》い学生は自分の部屋に電話など持てない時代で、当時、いわゆる下宿のようなアパートに住む学生は、アパートに置かれた公衆《こうしゅう》電話を使わせてもらっていた。

タイミングよく、中継《ちゅうけい》がコマーシャルに変わる。

（山田、この間にもどってこれればいいなぁ）

そう思っていると、小走りで近付いてくるサンダルの音がした。

「おう、早かったな。ちょうど、いまコマーシャルに……」

「おまえにだよ！」

「はっ？」

「おまえだっての！　電話っ！」

「おれ？　おれがなんだよ!?」

「お・ま・え・に・かかってきたの！　早く出ろよ！」

山田の家にかけてくるなんて、電話の主はいったいだれだろうといぶかりながら、ろうかのいちばんはしに置かれた、ピンク色の電話へと向かう。

遠ざかる山田の部屋から、中継《ちゅうけい》再開を示す、熱気に満ちた声援《せいえん》が聞こえ始める。

わたしは、自然と足を速めた。

大きな電話機の横に置かれた受話器を取ると、相手は榊原《さかきばら》という男だった。

週末に予定していたキャンプの場所と、待ち合わせ時間の確認《かくにん》だった。それもう、これで五回目だった。

「いいかげんにしましょうね、榊原《さかきばら》さん」

とだけ伝え、受話器を置いて、急いで部屋にもどろうとしたわたしを、今度はおそろしげな〝幽霊《ゆうれい》〟が引き止めた。

「ちょぉっとぉぉぉぉ……」

「うわっ！　はっ、はい！」

すっとんきょうな声を出して、わたしは、しりもちをついてしまった。

洗《あら》い髪《がみ》を全部顔のまえに持ってきて、両手をまえにそろえて、暗いろうかで背後《はいご》から……声をかけてきたのは、アパートの大家さんだった。

「あなた！　山田さんとこの友だちでしょ！」

「そっそっそうですが……」

「そっそっそ、じゃないわよ！　さっきからうるさいっ！　もうちょっと声を小さくっ！　いいわねっ！」

そういい放つと、大家さんは自室の中へと引っこんでいった。

なんだか釈然《しゃくぜん》としないまま、山田の部屋へもどる。

「まったく、榊原《さかきばら》が、まぁた日曜のことを……」

そういいながらドアを開けると、テレビの音声を消して、部屋のど真ん中に山田がつっ立っている。

「あれ？　おまえ、なに音消してんだよ！　これからハンセン&ブロディー組が……」

わたしがそういい終えるまえに、山田が動いた。

テレビに近付いていき、さっと手をのばしたかと思うと、いきなりスイッチをプチッとおしこんだ。

「……なんだよ？　見ちゃだめなの？」

そういいながら、山田の顔を見る。

なんと山田は泣いていた。まるで小さな子どもが、わきあがる嗚咽《おえつ》を必死にこらえるように、顔をくしゃくしゃにして泣いている。

「なっ！　ど、どーしたっ！　なにが……」

「おばえ、ざっぎ、がえっでぎだよな……」

「なに、なにいってんの?」

「おっがでぇ~!」

その後、山田が落ち着くのを待って話を聞いてみた。

いわんとしていることは、おおよそ、こんな話だった。


わたしへの電話であることを知らせたあと、山田は冷蔵庫《れいぞうこ》からビールを取り出そうと、台所へ立った。すると背後《はいご》でドアの開く音がする。

「おう、もうすんだのか」

と、山田はわたしに声をかけたという。

しかしそこに〝いる〟わたしは、それには答えず、だまって上がりこむと、先ほどまで座《すわ》っていた座《ざ》いすに腰《こし》を下ろした。

「ビール飲むだろ?」

ふたたびわたしに声をかけ、コップにわたしの分を注《つ》ぎ、軽く乾杯《かんぱい》したあと、山田はぐいとそれを飲み干《ほ》した。

テレビでは、次の対戦カードの読み上げが始まり、会場の熱気も最大限に達している。

「始まったねぇ！　やっぱり、このタッグは最強だよな！」

そういいながら、山田はわたしの方を向いた。

……が、そこにはだれもいなかったという。

山田とはいまでも交流があり、ふつうに付き合いをしてはいるが……この話をすると、痛烈《つうれつ》にこばむ姿勢《しせい》は、数十年まえとまったく変わらない。よほどおそろしかったのだろう。

今回ここに書くことを、〝苗字《みょうじ》だけなら〟という約束で承諾《しょうだく》してもらった。

舌打ち

つい先日、友人・Mの紹介《しょうかい》でひとりの女性に会った。

特に〝その手〟の相談にのるということで、会ったわけではないのだが、その女性から興味深い話を聞くことができた。

いまから三年まえの夏、彼女《かのじょ》は都内のマンションに住んでいた。

〝住んでいた〟と過去形になっているのには、こんな経緯《いきさつ》がある。

彼女《かのじょ》が住んでいたマンションは、JR沿線《えんせん》に建っており、ベランダからは、すぐ下に電車が走っているのが見えた。そこから少し西側に視線《しせん》をずらすと、それをわたるための、小さなふみ切りがあった。

「入居してから半年くらいの間に、少なくとも五回は事故を目撃《もくげき》しているんです。警笛《けいてき》とブレーキの音がすごくて、思わず耳をふさぎたくなっちゃいますよ」

そのふみ切りのことを、彼女《かのじょ》はわたしに、そう切り出した。

「部屋は、なん階だったんです？」

「三階です」

「ああ、それじゃあリアルに音が聞こえちゃいますもんね」

「そうなんですよ。もっと上の階なら、いくぶん、ちがったかもしれませんが……」

そのときのことが、だんだん鮮明《せんめい》になっていくのか、じょじょに彼女《かのじょ》の顔が暗くなっていく。

「最終的に、なん年くらい、そのマンションに住まわれたんです？」

「二年と少しですね。それが限界でした」

「だとしたら、引っこされるまでの間も、ずいぶん事故を……」

「そうですね。覚えているだけでも十件以上、家にいないことも結構ありましたから、その間の件数も数えれば、きっとすごい数だと思います。……数えたくもないけど」

「それで『限界だった』と？」

「ええ……まぁ、それだけではないんですけどね」

「……というと?」

彼女《かのじょ》は大きく息をついて、目をふせ、こう続けた。

「危《あや》うくあと一歩で、むこう側の住民になるところだった……ということがあったんです」

「『引っ張られた』ってことでしょうか?」

このふみ切りのように、なぜだか事故が多発するような場所は、注意が必要だ。なんのわけもなく〝引っ張られる〟ことがあるからだ。

「『引っ張られる』、まぁ、そういういい方もあてはまるかもしれませんが、自分の中では、それだけではない気がしてるんです」


ある日、彼女《かのじょ》が近くの商店街へ買い物に出かけた帰りに、そのふみ切りを通りかかった。

遮断機《しゃだんき》が上がっているのを見て、〝早くわたってしまいたい〟と思い、自然と早足になった。

ところがふみ切りの手まえまで、あと一歩のところで、警報機《けいほうき》が鳴り出す。

やむなく彼女《かのじょ》は道の左側に寄り、電車が通過するのを待つことにした。

そのふみ切りは、車二台がやっとすれちがえるくらいのせまさで、気がつくと、もうなん台もの車が連なっている。

（ほんとにせまいなぁここ。まちがってトラックなんかが迷いこんじゃったら、いったいどうするのかしら……）

そんなことを考えながら、彼女《かのじょ》は、ただ漫然《まんぜん》と立っていた。

すると警報音《けいほうおん》にまじって、背後《はいご》からなにかが聞こえた。

「チッ！　チッ！　チッ！」

（なんの音？　……舌打ち？）

そう思ったという。

「舌打ちですか？　要はそれって、頭にきたときなんかにやる『チッ』とも『ツッ』ともつかない、あの音ですよね？」

「そう！　まさしくそれです」

その後も、彼女《かのじょ》の背後《はいご》でなんどもくり返される「チッ！」。

だんだん腹《はら》が立ち始めた彼女《かのじょ》は、どんな人間が舌打ちしているのかと、ためらうことなくふり返った。

「二十歳《はたち》くらいの男の子。いま風のぼさぼさの頭に、黒ブチの眼鏡をかけて、肩《かた》から黒っぽいバッグを下げてました。その男の子が、なにかブツブツいいながら、ときおり『チッチッ！』って舌打ちするんです。

あたしがふり返ったとたん、目のまえを電車が通過して……それなのに、その舌打ちだけがはっきりと聞こえるんです。なんだか急に気味が悪くなって、遮断機《しゃだんき》が上がると同時に、小走りで家まで帰りました……」

その晩《ばん》のこと。

翌日《よくじつ》が早出だった彼女《かのじょ》は、いつもより早めに風呂《ふろ》に入り、床《とこ》についた。

ところが、そんなときに限って、なかなか寝付《ねつ》けない。

「それでも、なんとか寝《ね》なくちゃいけないと思って、まくら元にあった本を開きました。ものの二ページも読んだあたりで、ふと玄関《げんかん》のかぎが気になり出したんです。

まくら元の小さな明かりだけをたよりに、リビングを通って、ろうかに続くドアを開けたときでした」

「チッ！　チッ！」

真っ暗な玄関《げんかん》の方から、あの〝舌打ち〟が聞こえたという。

「心臓《しんぞう》が止まる思いで、その場に立ちつくしました」

かべについた右手のすぐわきには、照明のスイッチがある。

意を決して、彼女《かのじょ》はそのスイッチを入れた。

……が、そこにはだれの姿《すがた》もなかったという。

「自分自身が気にし過ぎていたのかも……と気を落ち着かせ、かぎを確認《かくにん》して、ベッドにもどろうとしたんですが……」

「チッ！　チッ！」

今度はベッドの方から、舌打ちが聞こえてくる。

「とてもじゃありませんが、その場にはいられなくなり、階下に住むお友だちの部屋に、にげこみました」

そのマンションに引っこしてきてから、知り合いになった女友だちで、おたがいの部屋を行ききする仲だった。

「友人に、それまでの経緯《いきさつ》を話すと、『あんた、警察《けいさつ》に知らせたの？』といわれ、はっとしました」

手ぶらで出てきてしまった彼女《かのじょ》は、友人の部屋から一一〇番に通報。ほどなく駆《か》けつけた警《けい》官《かん》ふたりと、友人と共に自室へ行く。

家中すべての電気をつけ、すみずみまで確認《かくにん》したが、そこにあやしい人物も、なんらかの異《い》常《じょう》も見つけることはできなかった。

「最近身のまわりに起こったことで、なにか気になることはありましたか？」

警官《けいかん》にそう聞かれ、ためらいながらも、先日ふみ切りで見た男性のことを、彼女《かのじょ》は話した。

「いや、それは関係ないでしょう。万が一その男性があなたの住まいを知っていたとしても、深夜にそっと部屋にしのびこみ、その上、まるで忍者《にんじゃ》のように、あちこち移動するなど……ねぇ」

警官《けいかん》のいうことは、もっともであり、彼女《かのじょ》は納得《なっとく》するしかなかった。

「おまわりさんのいうことは、正しかったと思います。あたし自身が、勝手な思いこみをして、まるでストーカー被害《ひがい》にでもあってるかのような、妄想《もうそう》をいだいてるだけなのかも……そう思い始めていました」

翌日《よくじつ》。

いつも通りに仕事を終え、近所のスーパーで買い物をして、彼女《かのじょ》は自宅《じたく》へ向かった。

そして、あの……ふみ切りが見えてきた。

（気にしちゃだめだ。なにも気にしない。なにも気にしない。なにも……）

そう思いながら、彼女《かのじょ》は、一歩一歩ふみ切りに近付いていく。

（だいじょうぶ！　なにもない。なにもない。なにもない……）

あと五メートルほどで、あのふみ切りというところまできたとき……

カ、カーンカーンカーンカーン！

耳につく警報音《けいほうおん》が鳴り始め、ゆっくりと遮断機《しゃだんき》が下がっていく。
表示された矢印は、下りを示していた。
（まったくもう！　なんでよ！　なんでいつも、あんたは、あたしをはばむのよ！）
そう思ったときだった。

「チッ！」

「えっ……？」

「チッ！　チッ！　チッ！　チッ！　チッ！　チッ！」

その音は、彼女《かのじょ》の背後《はいご》からすさまじい勢いで近付き、そしてすぐ横で止まった。

「すぐ横にいる！　そう思ったとたん、逆に肝《きも》がすわっちゃったんです。腕《うで》でもつかんで『あんたなんなのよっ！』って、どなってやろうと思いました。ところが……」

その男は彼女《かのじょ》の横を通り過ぎ、下りている遮断機《しゃだんき》をくぐって、線路内へ入っていく。

「持っていた買い物ぶくろを放り投げて、『ちょっとあんた、なにしてんのよ！』って、さけびました。

聞いてないのか聞こえないのか、男はこちらを見向きもしないで、列車が向かってくる方を向いたまま、仁王立《におうだ》ちしてるんです」

彼女《かのじょ》は男を救おうと、反射的《はんしゃてき》に遮断機《しゃだんき》をくぐっていた。

「その男の腕《うで》をつかんで、とっさに右を見ると、青と白の列車が近付いてくるのが見えました。

それと同時に、強烈《きょうれつ》な力で襟《えり》や腕《うで》や髪《かみ》の毛や……とにかくすごい力で引っ張られて……」

周囲にいた人たちが異変《いへん》に気付き、彼女《かのじょ》を線路から助け出した瞬間《しゅんかん》、すぐ目のまえを、轟音《ごうおん》と共に列車が走りぬけていった。

「見知らぬ女性から、力いっぱい頰《ほお》をビンタされました。決して自分を見失っていたわけじゃないんだけど……」

そのとき彼女《かのじょ》は、（あの男性を助けられなかった）、ただ漠然《ばくぜん》と、そう思ったという。

「あたしを助けてくれた周囲の人に、『あの人は!?』って、聞いたんです」

周囲の人は、彼女《かのじょ》がなにをいっているのかわからず、いぶかしそうな目で彼女《かのじょ》を見ていたという。

「そこには初めから、男性なんかいませんでした。もちろん列車が通り過ぎたあとには、なんの痕跡《こんせき》も残ってなかったし……」

事件の直後、彼女《かのじょ》はそのマンションを引き払《はら》った。

喪《も》服《ふく》の男

十年ほどまえになるだろうか。

家から近い居酒屋で、おいしい地酒をほどよくいただき、いい心持ちで家路をたどっていた。

よく知る地元の道、わたしは表通りを行かず、車が一台通れるかどうかという、せまく暗い道を、月明かりを手立てにのんびりと歩く。

すると唐突《とうとつ》に……

「こんんんばんんんはぁ」

とつぜん、背後《はいご》から声をかけられ、おどろいたわたしは、その場に立ちすくんだ。

ふり向くとそこには、極端《きょくたん》に背《せ》の低い、初老の男がたたずんでいた。

暗くてよくわからなかったが、男は作業着のようなものを着ている。

「な、なんでしょう?」

わたしがそう答えると、その男はごにょごにょと口を開いた。

「×××わさんのおたくはぁ……どちらぁでしょうぅ?」

「なんです?」

思わずわたしは聞き返した。

「×××わさんの……おぉたくぅですぅ」

なんだか頭の部分がかき消えてしまって、まったく要領を得ない。異常《いじょう》なほどくぐもった声も、聞き取りづらさを助長している。

「ごめんなさい。ちょっと聞き取れなかったんで……」

「××さわさんですぅ」

今度はなんとか、〝さわ〟まで、聞き取ることができた。

「ナニさわさんですか?」

「おむかえにぃ……あがりましたぁ」

「は?」

と答えて、わたしはぎょっとした。

いつの間にか、この男の服装《ふくそう》が変わっているのだ。

つい先ほどまでは、胸《むね》のあたりに赤っぽいラインの入った、作業着を着ていたはず……。

いまは喪服《もふく》、それもダブルのフォーマルになっている。

「ちょ、ちょっとごめんなさい！　ぼくはこのあたりに明るくないので、他《ほか》に……」

「そおおおぉぉぉですかぁぁぁぁ……」

気味が悪かった。

いや、おそろしかった……という方が正しいだろう。

（ふつうじゃない！　これはふつうじゃない！）

そう思い、足早にその場を立ち去ろうと、わたしが男に背《せ》を向けて歩き出したとたん、背後《はいご》でボンッという破裂音《はれつおん》がひびいた。

（な、なんだっ!?）

そう思ってふり返った瞬間《しゅんかん》、先ほどの男と思われる者が、すごい勢いで近付いてきて、わたしの腕《うで》と胴《どう》との間を、ブオオッとすりぬけていった。

わたしはこの異様《いよう》な感覚にあわてふためき、思わず身をひるがえした。しかし、そのせいで見なくてもいいものを、確認《かくにん》することになってしまった。

わたしのわきをすりぬけていったそれは、まるで地べたをすべるようにして進み、少し先にある一軒《けん》のアパートの敷地《しきち》に飛びこんでいった。

無論《むろん》、わたしは、そのあとを追うようなことはしなかったし、する必要もなかった。

わたしは急いで家にもどると、玄関《げんかん》から大声を張り上げ、二階で寝《ね》ている娘《むすめ》をたたき起こした。

「なぁに、こんな時間に……よってるの？」

「ちっ、ちがうっ、塩っ！　塩、持ってきてくれ！」

全身にくまなく塩をかけ、家に入ってからも、たんねんに手を洗《あら》う。

すると、まだ玄関《げんかん》付近にいた娘《むすめ》が、すっとんきょうな声を上げた。

「お、お父さんっ！　なに、これぇっ!?」

「なんだよ？　えっ？」

声のする方をのぞくと、娘《むすめ》がわたしのジャケットを指でつまんで、極端《きょくたん》に顔をゆがめているのが見える。

それは、つい先ほど、わたしが玄関《げんかん》にぬぎ捨《す》てたものだった。

そのジャケットから、なにかがしたたり落ちている。

「なんだそれっ！　どうした!?」

「あたしが聞いてるのよ、お父さん！」

左わき腹《ばら》あたり一面に、まるで鼻水のような、透明《とうめい》な粘液《ねんえき》が大量に付着している。

しかもそこからは、なにかがくさったような臭気《しゅうき》がただよってくる。

「だめだなこれは。このまま捨《す》てちゃおう」

買ったばかりのお気に入りのジャケットは、あえなくゴミ箱行きとなった。


その後、なんとも気持ちが落ち着かず、熱い湯を張った風呂《ふろ》に入って、わたしは床《とこ》についた。

どれくらい時間がたっただろう。

ふと、室内にこもる異様《いよう》なにおいに気付き、わたしは目を覚ました。

「おおぉぉさわぁさんはぁぁ……ぶじにぃ、はしぃをぉ、わたられぇましたぁぁぁぁぁ……」

「うわあっ!!」

いつの間にか、まくら元にいたそれから、つい先ほど聞いたのと同じ声がひびいた。

ベッドから飛び起きると、すでにその姿《すがた》はなく、例の臭気《しゅうき》も消え去っていた。

しかし、その後は一睡《いっすい》もできず、釈然《しゃくぜん》としない心持ちのまま、朝をむかえた。


早朝、会社へ向かうため、車に乗りこんだ。

小さな交差点をいくつか過ぎ、昨夜、〝あれ〟と遭遇《そうぐう》した現場に近付く。

「な、なんだ!?」

〝あれ〟がすべるように駆《か》けこんでいった、あのアパート。

そのまえになん台ものパトカーが停《と》まっている。

なにが……?　だれが……?

あえて聞いてはいない。

大きな顔

いまから五年ほどまえの夏。

わたしはある車雑誌《ざっし》の取材のため、関東近県にある、一軒《けん》のショップを訪《たず》ねていた。

そこの代表を務めるI氏は、わたしとは旧知の仲で、急な要望にも快く受け答えしてくれる、わたしのよき理解者のひとりだ。


その日は、同じ県内に住む、ある自営業者が駆《か》る中型バンが取材対象で、朝早くI氏の店舗《てんぽ》で待ち合わせをしていた。

少々早めに店舗《てんぽ》に着いたわたしが、自分の車の中でタバコを吸《す》って待っていると、ほどなくして、I氏が到着《とうちゃく》。I氏がセキュリティを解除《かいじょ》して、ふたりで店内へと入る。

事務所に続くドアを開け、かべにある照明のスイッチを、I氏がおした瞬間《しゅんかん》だった。

「……んっ!?」

思わず出てしまったわたしの声に、I氏がたずねる。

「どうかしました?」

一瞬《いっしゅん》ではあったが、右から左へと急速に移動する、女性の姿《すがた》らしきものが視界《しかい》に入ったのだ。

しかし、朝からそんな話もしたくないので、あえてそのことを、わたしは口に出さずにいた。

「いまコーヒー入れますね。砂糖《さとう》とミルクは、なしでしたよね?」

「ああ、悪いね」

そういうとI氏は、デスクの横に置いてある、エスプレッソマシーンを操作《そうさ》し始めた。

「便利な時代だね」

ひとりごとのように、わたしはいった。

「やだな、なんだか、おじいちゃんみたいな口っぷりですよ」

そういいながら、I氏がカップをわたしに差し出す。

熱いエスプレッソを口にしながら、なに気なくI氏に視線《しせん》をやると、カップをかたむけながら、天井《てんじょう》をじっと見つめている。

なにを気にしているのか、たずねようとすると、まるで待っていたかのように、I氏が話しかけてきた。

「さっき……なにか気にしてましたよね？　……なんです？」

まさかストレートに〝女を見た〟とはいえるはずもなく、わたしが困《こま》っていると、I氏から思いがけない言葉が飛び出した。

「もしかして……もしかしてですよ。この中で人かげを、見たんじゃないですか？」

これには、わたしも度肝《どぎも》をぬかれた。

わたしが見たまま、感じたままを、そっくり聞いてもらうことにした。

「……やっぱりですか」

I氏はそう答えた。

聞くところによると、以前にも来店客に、同じことを指摘《してき》されたことがあるという。

「最初は『なにいってんだろう、この人』って感じで、気にもしてなかったんですが……」

近所に住む男性から、ある話を聞いたのをきっかけに、心の中に、いい知れぬなにかが芽生えてしまったと、I氏は続けた。

その店は元々、ある外国車ディーラーとして営業していたが、あるころから業績が低迷《ていめい》。そのまま経営を立て直すことができず、あえなく閉店《へいてん》となってしまった。

その物件は、しばらくの間、そのまま空き家となり、〈貸店舗《かしてんぽ》〉の看板《かんばん》がかかげられ、次の入居者を待っていた。

立地的にも、周囲の環境的《かんきょうてき》にも、決して悪い部分は見あたらないのだが、不思議と新しい入居者は現れなかった。

そんな折も折、近隣《きんりん》住民たちの間で、不可思議なうわさが立ち始めたという。

「空き家になって長いのに、この店の二階の窓《まど》に、女がぼーっと立っているのを見たと……」

I氏の話を聞いて、わたしの頭に、ひとつの疑問《ぎもん》がうかぶ。

「待て待て待て、ここ、平屋じゃん？」

そうなのだ。

この建物に二階部分はなく、少々広めの平屋造りになっているのだ。

「取っちゃったんです」

「えっ？　二階部分を？」

　I氏は、当初から平屋物件を探《さが》していた。そこで不動産屋に相談の上、平屋にする条件で契《けい》約《やく》した。

　通常なら、かなり厳《きび》しい条件だと思うが、不動産屋はすんなりOKしたという。

「ま、別に悪さしたりするわけじゃないんで、さほど気にはしてないんですけどね……」

　そういいながら、I氏は引きつり気味に笑ってみせた。


　ちょうど話がとぎれたところで、数十分おくれで取材対象の車が到着《とうちゃく》したので、わたしは取材に取りかかった。

「どこで撮《と》りますか？」

「うーん……このまえは店のまえで撮《と》ったから、今回はピットの中に入れちゃう感じで……」

　ピットの周囲を片付《かたづ》け、洗車《せんしゃ》して付いた水滴《すいてき》を、全員でふき取っていく。

「じゃあいきまーす！　全部で六十枚《まい》ほどいただきますんで、オーナーさんは中で休んでてくださーい」

撮影《さつえい》は順調に進み、その後のオーナーへのインタビューも、とどこおりなく完了《かんりょう》。

その場にいる関係者にあいさつをして、わたしは撮《と》り立てのデータをかかえて、自宅《じたく》へともどった。

部屋に入ると、バッグからさっそくカメラを取り出し、中からメモリーカードを引きぬいた。

パソコンにそれを差しこみ、電源《でんげん》ボタンをおしてから、トイレに駆《か》けこんだ。

「はぁー、危《あぶ》なかったぁ……」

とちゅうからレッドゾーンに入りかけていた尿意《にょうい》を、やっとすっきりさせ、わたしは自分の部屋へもどろうとした。

「おおぉぉぉ……おおぉぉぉぉぉぉ……」

下の娘《むすめ》が、リビングで犬をからかっているのが聞こえる。

「いつもいつも、そんな風にからかってると、いまに本気でかみ付かれ……」

そういいながら、なに気なくリビングのドアを開けた。

しかし、そこにはだれもいない。だぁれも……。

犬たちは……とその姿《すがた》を目で追うと、二匹《ひき》ともソファーのかげにかくれて、がたがたとふるえている。

まだ一歳《さい》に満たないチビの方をだき上げ、階段《かいだん》の下から娘《むすめ》に声をかけた。

「おーい！　犬がふるえてるじゃないか！　だめだよ、あんまり意地悪しちゃあ」

……返事がない。

「おーい！　聞いてんのかぁ？　まったく……」

そうぼやきながら階段《かいだん》を上り、娘《むすめ》の部屋のドアを開け放つが、娘《むすめ》の部屋はもぬけのから。

その瞬間《しゅんかん》、わたしの全身に、ただならぬ悪寒《おかん》が走った。

（そ、そうだ！　おれは玄関《げんかん》ドアのかぎを、自ら開けて入ってきたんだ。だ、だれもいないから……かぎがかかっていたのだ……）

頭から冷水をかけられたような感覚。

同時に、先ほど聞こえたうなり声がよみがえる。

（落ち着け。とにかく落ち着け。なにがあろうとも、昼日中《ひなか》に、めったなことはあるもんじゃない……）

そう思うことに、なんの根拠《こんきょ》もなかったが、とにかくわたしは、自分を落ち着かせようと必死だった。


おそるおそる階下へ下り、雑誌《ざっし》の原稿《げんこう》を仕上げるため、仕事に取りかかる。

まずは、今日写したすべてのファイルを開け、中からいいものを選抜《せんばつ》していく。

なん枚《まい》か掲載《けいさい》する写真を選び出し、フォト編集ソフトを立ち上げて、先ほど取材した車のナンバープレートをかくす作業に取りかかった。

「あれ？　なん……だ……このかげ……？」

手がふるえた。

くちびるが妙《みょう》にかわき、のどがカラカラになる。

ついさっき、撮影《さつえい》してきた取材対象車。その横の面いっぱいに、巨大《きょだい》な女の顔が映《うつ》っている。

「じょっ、じょーだんじゃねえっ……」

無論《むろん》、その写真が、雑誌《ざっし》に掲載《けいさい》されることはなかった。

凧《たこ》

十年ほどまえ、当時四歳《さい》だった娘《むすめ》を連れて、わたしは、ある河川敷《かせんしき》の公園へ出かけた。

遊具の数は多くはないが、ゆるやかな川の流れと、遠くまで見わたせる雰囲気《ふんいき》が、少しの間、都会の喧騒《けんそう》を忘《わす》れさせてくれる。

先に近くにある外資系《けい》の大型スーパーで買い物をすませ、公園に着いたときには、すでに日もかたむきかけていた。

周囲を見わたすと、すでに人の姿《すがた》はまばら……というより、ほとんど見あたらなかった。

併設《へいせつ》の駐車《ちゅうしゃ》スペースに車を停《と》め、娘《むすめ》の手を引いて公園へ向けて歩き出す。

「あ……お父さん！　あれなに？」

不意に足を止めた娘《むすめ》が、上空を指さしてさけんだ。

娘《むすめ》が見上げる先を見ると、そこに凧《たこ》が、ひとつ風にまっている。

もうずいぶんまえに、ちょっとしたブームになったこともある、スポーツカイトという凧《たこ》だ。

「ああ、あれは凧《たこ》だね。まえにやったことがあったろう?」

凧《たこ》の糸の手元へ目をやると、広大なグラウンドのほぼ中央に、それを操《あやつ》っているらしい男性がひとり。男性は右に左に走り回るカイトを、たくみな糸さばきでコントロールしている。

そのアクションがあまりにオーバーで、思わずわたしは口元がゆるんだ。

「光ってるね」

娘《むすめ》がいった。

「んん?」

「光ってるね、あの凧《たこ》」

もう一度、娘《むすめ》にそういわれて、わたしは目をこらすが、西日がきつくてなかなか確認《かくにん》することができない。

「光ってる……かい?」

「うん。ほら!　また光った!」

今度はわたしにも見えた！　確かに……光っている。

しかしそれは、日の光に照らされてとか、反射《はんしゃ》してとかではない。

まるでデフォルメしたコウモリのようなカタチをしていて、その全体をはげしく明滅《めいめつ》させている。

さらに、つばさの両端《りょうたん》には、それをしのぐ明度の光が二対《つい》見える。

それらの光が、暮《く》れかかった壮大《そうだい》な夕日のグラデーションに、純白《じゅんぱく》の軌跡《きせき》を描《えが》いているのだ。

「すっ、すげえな、あれ！　いったいどうやって、電源《でんげん》、供給《きょうきゅう》してんだ!?」

〝興味の虫〟がうずき出し、わたしは娘《むすめ》の手を引いて、それを操《あやつ》っている人物に声をかけようとした。

「やだっ！」

なん歩か進んだところで、急に娘《むすめ》が立ち止まり、つないでいたわたしの手をふり払《はら》う。

「え？　な、なんで？　どうしたの？」

「こわいっ！　あの人こわいよ！　うえぇ～ん！」

そういうなり、娘《むすめ》はその場で泣き出してしまった。

「わかったわかった。ごめんな、じゃあここから見てような」

「見てないっ！　見ちゃだめっ！　帰るのっ！　はやくはやくはやくっ！」

あきらかにようすがおかしい。

(ふう……仕方ない。帰るとするか……)

そう思いながら、わたしは最後にもう一度……と思い、〝光る凧《たこ》〟に視線《しせん》をやった。

その瞬間《しゅんかん》だった。


ぶうおおおおおぉぉぉぉっ！


まるで山伏《やまぶし》がふくほら貝のような音が周囲にこだまし、カイトは、右ななめ方向に急降下《きゅうこうか》すると同時に、すぱっと、かき消えてしまった。

「えっ!?」

そのまま地面に視線《しせん》を移し、わたしは再び驚愕《きょうがく》した。

つい先ほどまでそこにいたはずの、おどるようにカイトを操《あやつ》る人の姿《すがた》も、忽然《こつぜん》と消え失《う》せていたのだ。

「こ、こりゃあ……こりゃあまずいっ！」

まだ泣きじゃくる娘《むすめ》を一気に担《かつ》ぎ上げ、乗ってきた車に向かって、わたしは全力疾走《しっそう》した。

なんとか自らも落ち着きを取りもどし、家への道程《みちのり》を、いつもよりゆっくりと慎重《しんちょう》に取って返した。

そして落ち着いてくると同時に、あるひとつの記憶《きおく》が、わたしに呼《よ》び覚まされた。

先ほど、泣き出した娘《むすめ》に手を焼いていたとき、わたしは、すぐ背後《はいご》に強烈《きょうれつ》な人の気配を感じていた。あれは、いったいなんだったのだろうか。

たんす

わたしが以前、産業廃棄物《はいきぶつ》の収集運搬《しゅうしゅううんぱん》会社を営んでいたころの話。

ある年の夏、一軒《いっけん》の中間処理施設《しょりしせつ》へ顔を出したときのことだ。

その日は、朝から本当に暑かった。

施設《しせつ》のまえには、廃棄物《はいきぶつ》を積んだダンプカーが、長蛇《ちょうだ》の列を作っており、順番を待つドライバーたちが、車外へ出て話しこんでいる。

わたしと顔なじみのドライバーも大勢いて、しばらく、よもやま話に花をさかせていた。

そこへ、荷物を満載《まんさい》した、二トンダンプカーが入ってきた。

ドライバーは見かけない顔で、ナンバーには〝わ〟が付いている。

「めずらしいな……。『わ』ってことは、レンタカーだろ」

積み荷を見ると、どう見てもまだまだ使えそうな、家具や電化製品ばかりを山積みにしている。

「もったいねえなあれ！　こんなとこに捨《す》てにくるより、リサイクルに回しゃあいいのに……」

ひとりのドライバーがつぶやく。確かにそれは、もっともなことだった。

ここへ持ちこまれるのは、〝廃棄物《はいきぶつ》〟であり、廃棄《はいき》するのに料金がかかる。それならばリサイクルショップへ持ちこみ、たとえわずかであっても、金にした方が利口というものだ。

そのダンプカーが、話しこむ我々《われわれ》の目前を、まさに通り過ぎようとしている、そのときだった。

「うわなんだ！　すげえハエだぞ！」

「それにこのにおい!!　うえぇ、くっせぇよ！」

ドライバーたちが口々にそういい始め、そのダンプが、我々《われわれ》のまえを通り過ぎたとたん、すさまじい数のハエと、強烈《きょうれつ》な悪臭《あくしゅう》を放ったのだ。

わたしは、このにおいには覚えがあった。

富士の青木《あおき》ヶ原《がはら》の樹海《じゅかい》で、おそるべき怪異《かいい》を体験したときに、かいだあのにおい……。

熱気と樹海《じゅかい》特有の湿気《しっけ》により、人の亡骸《なきがら》が放つあのにおいが、おそろしい記憶《きおく》とともに鮮明《せんめい》によみがえり、わたしをこおりつかせていた。

「おい、ちょっちょっちょっ！　ちょっと待てっ！」

その声に我《われ》に返って見ると、ひとりのドライバーが、先ほどの二トンダンプカーを呼《よ》び止めている。

「おいあんた！　いったいなんだこりゃあ？　なにを積んできたんだい？」

「え……いや、ごらんの通りの家財道具……なんですが……」

その男性はどう見ても、ダンプカーの運転手という感じではない。一応、作業着は着てはいるものの、いかにも、どこかのサラリーマン風のいでたちだった。

「あんたこれ……レンタカーだよな？　引っこし屋さんかなんかなの？」

ドライバーが質問を続ける。

「いや、あの……なんと申しましょうか……」

「とにかくさ、こんなくせえもん、持ちこまれちゃ困《こま》るんだよ！　ハエだってすごいし、近隣《きんりん》には一般《いっぱん》家屋もあるんだから！」

「で、でも、先ほどセンターの方には電話して、事情をお伝えした上で、許可はいただいてます」

なに気なく積み荷に目をやると、さわぎを聞きつけて集まった他《ほか》のドライバー数人が、荷台でなにかを発見したようだった。

「ああ、これだ！　ほら中村さん、見てこれ！　ここからハエが出てくるんだ。ほら、この布《ふ》団《とん》だよ！」

そういって、ドライバーたちは、荷物の間に、むりやりおしこめられた布団《ふとん》をつまみ出した。

「ああー！　だめだめ!!　それはさわらないでっ!!　だめだって！」

そのようすに気付いたダンプの運転手が、あわてて制止するが、すでにおそかった。

「うわっ！　なんだこれ!!　おええええっ！」

布団《ふとん》をつまみ出したドライバーのひとりが、そういうなり、路肩《ろかた》へ行って、はいている。

とたんに先ほどまでとはあきらかにちがう、大きなハエが飛び交《か》い出し、あたりは軽いパニック状態におちいった。

ハエをさけつつ、荷台にしのび寄り、わたしはその問題の布団《ふとん》を見た。

「うおっ！」

そこには、大量の髪《かみ》の毛と思われるものがあった。

さらに、丸々と太った無数の虫が、茶色のどろどろとしたものの中で、うごめいているのが見える。

「おおえっ！　なっ、なんだこりゃあ！　あんたいったい……」

わたしの言葉を運転手がさえぎる。

「だ、だから、だめだといったでしょう！」

「『だから』じゃねえよ！　ちゃんと説明してくれ。こりゃあいったい、なんなんだ？」

他《ほか》のドライバーたちが、運転手につめ寄る。

しかしわたしは、すべての事情が読めていた。この男は〝掃除屋《そうじや》〟だ。

「はい。ちゃ、ちゃんとお話ししますので、なんとかここに捨《す》てさせてください。お願いします！」

「おうおう、もうわかったから、早く教えろよ！」

ひときわ、がたいのいいドライバーが、すごみをきかせて運転手にいった。

「じ、実はわたし、こういう者でして……」

運転手がみんなに名刺《めいし》を配る。受け取った名刺《めいし》にある社名を見て、わたしは〝やはり〟と思った。

〈○○セレモニーサービス〉

「実はこれは、ある若《わか》い男性の持ち物だったんです。残念ながらその方は、女性と別れた直後に、自ら命を絶たれまして……。一週間後に発見されたんですが、なんせこの陽気でしょう。ご遺体《いたい》がひどく、くさってしまっていて、部屋中とんでもないことになっていました。我々《われわれ》の仕事は、そういった〝事件・事故〟にかかわる、特殊《とくしゅ》なあと始末をすることなんです」

運転手の説明を聞き、ドライバーたちは気の毒そうな顔を向け、そそくさと退散していく。

わたしも自分の用事をすませ、処理施設《しょりしせつ》をあとにした。


一週間後、ラーメン屋で昼食をとっていると、わたしの携帯《けいたい》電話が鳴った。

「ああ、もしもし、どうもどうもどうも！　Ｓですが……」

この元気丸出しの声は、先ごろ行った処理施設《しょりしせつ》の所長だ。

「いやあ実はね、ちょっと困《こま》ったことになっちゃって……。今日の夜でも、ちょっとお会いできませんか？」

この所長は、〝困《こま》った〟を口にすることはめったにない。よほどのことであろうと、わたしはその晩《ばん》の訪問《ほうもん》を快諾《かいだく》した。


「なんです？　困《こま》ったことって？」

所長のもとを訪《たず》ねたわたしは、すぐに本題を切り出した。

「う〜ん……なんていったら、いいもんかなぁ。……あのね、中村さん、思い切って話すけどね。いい？　おれがおかしくなっただなんて、思わないでよ」

「そんなことは思いませんから、どうぞ続けてください」

「よしっ、うん、じゃあ話そう。中村さん。あなた……幽霊《ゆうれい》ってもんを信じますか？」

「……」

「うん。わかってる。変なことをいってるのは、わかってるんだ。うんうん」

そういう所長の顔から、じょじょに血の気が失《う》せ、額からは一筋《ひとすじ》の汗《あせ》が流れている。

「Sさん。ぼくはそういったものは、ひと通り理解しているつもりですよ。いったいなにが……」

「そうかっ！　おお、そうだったかっ！　わははっ、いやあよかったぁ」

所長の口から語られた話は、おおよそこんなことだった。

S氏が所長を務める中間処理施設《しょりしせつ》には、十数人の外国人労働者が常駐《じょうちゅう》している。現場のすぐわきに宿泊《しゅくはく》用の建物を建て、夜間の施設《しせつ》の警護《けいご》も兼《か》ねて、全員、そこで寝泊《ねと》まりしていた。

例のセレモニーサービスのことがあったすぐあとから、そこに寝泊《ねと》まりする外国人たちが、妙《みょう》なことをいって、さわぎ出したという。

「妙《みょう》なこと？」

「そうなんだ。いや、それがね……」

外国人たちが「夜中、施設内《しせつない》に、見知らぬ男が侵入《しんにゅう》してくる」と、いい出したというのだ。

場内には感知式のセンサーライトが大量に設置されており、入り口のすぐ横には、番犬にオオカミのような顔をした、大きなアラスカン・マラミュートが五頭も飼われている。

その犬たちにほえ立てられることなく、感知式のライトに照らされることもなく侵入《しんにゅう》し、その男は、いつの間にか施設内《しせつない》をうろついているというのだ。

その姿《すがた》を宿舎の二階から見ていた、ひとりのパキスタン人が、おどろいて声をかけた。

「アナター！　ナニシテマスカ！」

ところが、その声にいっさい反応することなく、男は施設内《しせつない》を歩き回り、やがて家具ばかりを集めたエリアの周辺で、かき消えてしまうという。

「それがさ、ここんとこ毎日でね。中でもほら、中村さんもよく知ってる、フィリピン人のパブロ！　あいつなんか、『フィリピンに帰ります』なんて、いい出しちゃってさ。

それを聞いた他《ほか》の連中も同調し出しちゃって、もう困《こま》っちゃってんだよ。

なんかいい手立てはないもんかね……？」

「手立て……ですか」

「いまの状態でも人手が足りないのに、まとまって辞《や》められでもしたらもう……」

所長はほとほと困《こま》り果てている。

「わかりました。じゃあ、明日《あした》の晩《ばん》にでもちょっと行ってみますよ」

「そうですか！　そうしてくれますか！　いやあ、なんだか悪いですね……」

初めから、それがねらいだったくせに……と思ったが、それはだまっていた。


翌日《よくじつ》、わたしはとちゅうのコンビニで飲み物を買いこみ、作業が終わった時間を見計らって、施設《しせつ》を訪《たず》ねた。

そこで働く外国人たちは、みんなとてもいい男たちで、わたしの訪問《ほうもん》を心から歓迎《かんげい》してくれている。S氏の計らいで、宿舎に大量の酒と寿司《すし》が運びこまれた。まるで学生時代のたまり場のようで、わたしはひととき、楽しい時間を過ごす。

夜もふけ、あたりがしーんと静まり返り、日が変わるころには、ぽつぽつと雨が降《ふ》り出した。かべにかかった時計を見ると、夜中の一時を少し回ったあたり。

ふとパブロが、わたしに話しかけてきた。

「ナカムラ。ゴメンネ。ヤナコト……サセテル」

「いや、いいんだ。Sさんとは昔から友だちだし……こうやって、みんなと酒も飲めるしね」

それを聞いて、パブロはにっこりと笑った。

と、そのときだった。

「イタッ！　アソコッ！　イタイタイタッ！」

先ほどから、窓《まど》の外をじっとにらみつけていた、同じフィリピン人のマイケルがさけぶ。

全員が立ち上がり、窓《まど》から場内を見下ろす。

広い作業場の真ん中に、ひとりの男性の姿《すがた》が見える。

「あんたっ！　そこでなにしてるんだ！」

わたしは窓《まど》を開けてさけんだ。

そして、いうが早いか、待機していた全員が一丸となって、階段《かいだん》を駆《か》け下りていく。

場内に行ってみると、先ほどの男性は、まだそこにたたずんでいる。

それまでの気合はどこへ行ったのか、だれひとりとして男に近付こうとしない。男を遠巻《とおま》きにして、みんなでようすをうかがう。

そのときだった。わたしの頭の中に、男の声がワンワンとひびいてきた。

たんすを……ぼくの……たんすを探《さが》して……

たんす、たんす、タンス、たんす、たんす、タンス…………

「うわわっ！　頭……いてえ！」

わたしの頭の中で、延々《えんえん》とくり返される声。

頭をおさえながら周囲を見ると、数人が家具の集積場へ走っていくのが見えた。とたんにそれまでひびいていた声も、男性の姿《すがた》も消えてしまっている。

急いでみんなが向かった方へ駆《か》けていくと、数人がかりで、ひとさおのたんすを引っ張り出している。

「なにしてるんだ!?」

「ナカムラ！　ワタシ　ワカッタ！　アノヒト、コレサガシテル！」

おくから出してきたのは、自分で組み立てる様式の、簡易《かんい》なたんすだった。

「ナカムラ！　コレ、コレミテ！」

パブロがそういうなり、とびらを開けて中を指さす。おそるおそる、その中をのぞくが、別《べつ》段変《だんぺん》わったところはない。

「チガウ　チガウ、ナカムラ！　ココダヨ！　ホラ！」

彼《かれ》が指さすところ。それはたんす内部の天板だった。

そこに、透明《とうめい》の保護用ビニールに入れられた、一枚《まい》の写真が貼《は》られていた。

「キノウ、ワタシ　ミツケタ！　デモ、ワタシ　トレナカッタ」

パブロがいった。

ふたりの若《わか》い男女が、にっこりとカメラに笑いかけ、おそろいのニット帽《ぼう》をかぶった優《やさ》しげな写真。

それをはぎ取り、手にした瞬間《しゅんかん》、えもいわれぬ感情が打ち寄せてきて、わたしは、どうにも涙《なみだ》を止めることができなかった。

ふけどもふけども、次々あふれ出る涙《なみだ》。

おそらくそれは、その場にいた全員が、感じたにちがいない。

方々からすすり泣きが聞こえ、全員、しばらくの間、そぼ降《ふ》る雨の中、ただただ立ちつくしていた。

翌日《よくじつ》、わたしはさっそく所長に昨晩《さくばん》のことを伝え、写真を手わたした。後日、その写真は、例のセレモニーサービスの人に届けられ、無事、遺族《いぞく》のもとに返されることとなった。


わたしは、自殺する者を単純《たんじゅん》に弱い者とは思わない。

しかし、自ら命を亡《な》くそうとする人たちには、いま一度、立ち返ってほしい。

自分が幼《おさな》かったころもらった、お母さんの優《やさ》しい心。おばあちゃんやおじいちゃんがくれた、温かい心。だれかが注いでくれた温《ぬく》もり、そして自分が歩いてきた細く長い道。

逝《い》ってしまったあと、見てしまうんだ。自分の葬式《そうしき》で泣く人たちの背中《せなか》を……。

いくら謝《あやま》っても聞こえない、いくらさけんでも、その声はどこにも届《とど》かない。

最後の一線をこえるまえに、いま一度立ち返ってほしい。

池《いけ》袋《ぶくろ》の少年

その日は朝から、池袋《いけぶくろ》で映画《えいが》制作の打ち合わせがあった。

配給やPR方法などをつめながら、昼食にそばをすする。

なん人かが、腕時計《うでどけい》を気にし始めたのをきっかけに、その日は散会となった。

わたしはいったん家へ帰ってから、八王子へ向かうため、西武口《せいぶぐち》へと向かっていた。

そばのつゆを全部飲んだからだろうか、なんだか異様《いよう》にのどがかわく。

電車の切符《きっぷ》を買い、池袋《いけぶくろ》駅構内にあるコーヒー店で、アイスティーを飲むことにした。

ウィンドーまえの席に座《すわ》り、冷えたアイスティーにストローを差しながら、なんとなく、目のまえを行き交《か》う人たちに目を向けた。

(んん？　な、なんだ、あの子……？)

せわしなく歩く人ごみの中に、異様《いよう》なものが見えかくれしている。

七、八歳《さい》くらいの男の子……。それも、全身、ぼろ切れをまとっている。
その姿《すがた》は、まるで、資料映像《えいぞう》や写真などで見る、戦災孤児《こじ》そのものだった。

その男の子が、行き交《か》う人々にまとわりつき、なにかを懇願《こんがん》しているように見える。

しかし、それはとっくに〝生きるのを止《や》めている〟とわかった。

その子だけが、モノクロなのだ。しかも全身がゆらゆらと、かげろうのようにゆらいでいた。

そう、ここは池袋《いけぶくろ》なのだ。

太平洋戦争中、空路を見失ったとされるアメリカの戦闘機《せんとうき》・B‐29が、街をあと形もなく焼きつくし、未曾有《みぞう》の犠牲者《ぎせいしゃ》を出した、あの池袋《いけぶくろ》なのだ。

消えて見えなくなる寸前《すんぜん》、一瞬《いっしゅん》ではあったたが、わたしの方をふり向いた男の子は、決して泣いてはいなかった。

「まだ……いるのか」

戦争が終わって、すでに七十年以上。気がつくと、不意にそんな言葉がもれていた。

必ず転ぶトイレ

二十数年まえ、ある街の繁華街《はんかがい》をすこしはずれたあたりで、わたしは一軒《けん》の喫茶店《きっさてん》をやっていた。

喫茶店《きっさてん》といっても、いまとは少しようすがちがって、テレビゲームタイプのゲームを置いたゲーム喫茶《きっさ》。どこの店でも、二十四時間を通して満席だった。

わたしはある人の紹介《しょうかい》で、〝いぬき〟で店を手に入れた。

いぬきというのは、まえに営業していた店の設備をそのまま、買ったり、借りたりすることをいう。

ドガンッ！　ガラガラ……

「な、なんだ!?」

トイレからものすごい音がして、ほどなく、常連さんのひとりが、腰《こし》をさすりながら出てきた。

「なにやってんすか？」

「いやあ、用を足し終わって立ち上がったら、うしろにひっくり返っちゃったよ」

「だいじょうぶすか!?　……トイレ」

「トイレの心配かよ！」

その日は、そんなじょうだんをいって、笑っていた。

ガラガラガシャアッ!!

ところが、それからというもの、まったく縁《えん》もゆかりもない人たちが、たびたび同じようにして、トイレでうしろにひっくり返るのだ。

そのうち、トイレに立つ人を見ると、「お大事に」なんて声をかける常連も、現れるほどだった。

店のトイレが、特別に変な造りをしているわけではない。どこにでもあるような、ごくごくありふれた、ふつうの和式トイレだった。


開店から半年もたったころのことだ。

その日も店には常連をふくめ、かなりの数のお客さんがつめかけていた。

その中に、近所で昔から青果店をやっている、幸《こう》さんという人がいた。

自分がいつも使っているゲーム台に先客がいるため、その日は、カウンターでコーヒーをすすっていた。

そんなとき、ひとりの客がトイレに立った。

そのうしろ姿《すがた》を見送りながら、幸《こう》さんが、ぽつりとこんなことをつぶやいた。

「やっぱりなぁ……あんなことがあれば、なにか影響《えいきょう》が出たりするもんなんだろうかねぇ」

わたしはそれを聞きのがさなかった。

「ちょっとちょっと幸《こう》さん！　なにそれ？　あんなことってなに？」

「え！　いやあ、あの……」

幸《こう》さんは、わたしが知らなかったとは思わなかったようだ。わたしのつっこみに面食らっている。

「なんかあったのここ!?　ちゃんと教えてよ幸《こう》さん！」

わたしは、なおも問いつめた。

「あんた、なにも知らないで、ここ、やってるのか……そうか、知らなかったのか……」

〝ご近所さんのことだからね〟とまえ置きして、幸《こう》さんは、ぽつりぽつりと話し出した。

「あんたがここへくる一年ほどまえ、この店は、忍《しのぶ》さんという女性がひとりでやってたんだよ。なんでも以前は夜、店をやってたらしいが、寄る年波に勝てなかったとかで、それまで、こつこつ貯《た》めた金でこの店を開いたんだ。

まぁ、忍《しのぶ》さんとしては、どこにでもあるような、いたってふつうの喫茶店《きっさてん》をやりたかったらしいんだけどね」

「そ、それで？」

わたしはもどかしくなり、せかすように幸《こう》さんに聞いた。

「ある日、いつものように近所の常連が集まって、世間話やらなにやらでもり上がってたんだ。そう、おれはあの日もこの席に座《すわ》ってた。するとな、忍《しのぶ》さんが、急に立ち上がって、自分の胸《むね》をおさえて苦しそうな表情を見せたんだ」

「苦しそうな?」

「そう。こう胸《むね》をおさえてな、眉間《みけん》にしわ寄せて、いかにも辛《つら》そうだった。おれが『どうした? だいじょうぶか?』って声かけたら『うんうん』ってよ。そのあとは引いてた血色ももどって、『はぁー』って大きなため息をついてた……。

他《ほか》の常連が『どこか悪いんじゃないの?』っていうと、『この間から、たまあに動悸《どうき》がするのよ』っていうんだ。それ聞いて、うちのおくさんが、心臓《しんぞう》わずらったときのことを思い出したおれは、『一度診《み》てもらった方がいいぞ』って進言したんだが……」

幸《こう》さんはそこまで話すと、すっかり冷めたコーヒーをまたすすった。

「その次の日だった。おれはいつも通り、昼飯を食いにここへきたんだ。忍《しのぶ》さんの手作りカレーは定評があったからな。

あれは……十一時半くらいだったと思うが……。きてみると、だれもいないのよ。

いままでにそんなことはなかっただけに、なんだか変な胸《むな》さわぎがしたんだ……。

カウンターの中や、厨房《ちゅうぼう》をのぞいても猫《ねこ》の子一匹《ぴき》見あたらねえ。〝もしや！〟と思い立ち、トイレへ行ってな、内側のドアのまえで『いるかい？』って声かけたんだ。ところが中からは返事はねえ。試《ため》しにドアノブ回してみたら、中からかぎかかってるじゃねえか！　こりゃ大変だ！　と思って、渾身《こんしん》の力こめて引っ張ったら、思いの外《ほか》、簡単《かんたん》にかぎはこわれちまったよ。

そしたら、……その中で……彼女《かのじょ》は息、絶えてた。心筋梗塞《しんきんこうそく》でな……。

人間なんてなぁ、実にあっけないもんだねぇ」

「えぇっ！　そ、それって、そっそそのっ、うちのトイレの話だよね!?」

「さっきから、そういってるだろ？」

「それがさ、やっぱりうしろ向きにな。ほれ、ここんとこ、いろんな人がこけるだろ？　あれと同じように、彼女《かのじょ》はうしろ向きにたおれてたんだよ」

それからすぐに、わたしは他《ほか》の物件を探《さが》した。

頭骨《とうこつ》の授業

わたしは小学生時代、数回、転校をくり返した。これは、最後の転校先となった北国の小学校での話だ。

それまでは、どこへ行っても女性が担任《たんにん》だったわたしにとって、新たに転入したあのクラスは衝撃的《しょうげきてき》だった。

まず担任《たんにん》が男性。理科専任《せんにん》の中年の先生で、大きな声とあらっぽい口調が特徴《とくちょう》だった。

ところがそのS先生は、当初の印象とはちがって、わたしがクラスになじんでいくことに、心血を注いでくれ、すべてに対して真剣《しんけん》に、そして温かく対応してくれた。

転入して、しばらくしたある日のこと。

理科室に集まった生徒をまえにして、S先生は難《むずか》しい顔をして話し出した。

「みんなは人の骨《ほね》というのを、見たことはあるだろうか」

みんなが一瞬《いっしゅん》、ぎょっとするのを見て、S先生は続ける。

「骨《ほね》といっても、そこにある標本じゃないぞ。本物の人骨《じんこつ》だ」

「えぇーっ！」「見たことなーい！」「気持ちわるーい！」

みんなが口々にいって返す。

先生は、そんな反応を、待っていたかのようにいった。

「実はねみんな。ここには『本物の人間の骨《ほね》』があるんだよ」

先生のその発言を耳にしたとたん、わたしは心の中で「やっぱり」と確信した。


この学校に転入するなん日かまえのこと、わたしは寝入《ねい》りばなに、おかしな夢を見ていた。

茶色く変色した人間の頭蓋骨《ずがいこつ》が空中にただよい、ゆっくりと回転を始める。

それは次第《しだい》に、すいすいと移動を始めた。

わたしは、なぜかそのあとを追いかけなくてはいけない！　という衝動《しょうどう》に駆《か》られ、まるで彗《すい》星《せい》のような尾《お》をたなびかせる、頭骨《とうこつ》のあとを追いかける。

そしてたどり着いた先がここ。そう、いまいる学校の理科室なのだ。

当初は、なぜ頭蓋骨《ずがいこつ》なのか？　なぜ学校なのか？　と、単純《たんじゅん》な疑問《ぎもん》を持っていた。

最近になって、（もしかすると、学校内に答えがあるかもしれない）と、感じ始めていた矢先のことだった。


結局、その日は、「本物の人骨《じんこつ》がある」という話が出ただけで、実際に見せてもらうことなく終わった。

しかし、みんなの心の中には〝自分たちの学校のどこかに、本物の骸骨《がいこつ》がある〟という、一種の恐怖心《きょうふしん》が根付いたことは、事実だった。

〝いったいその骨《ほね》がどこにあるのか!?〟という疑問《ぎもん》が、子どもたちの中で、日を追うごとに強くなり、そのうち、いまでいう、都市伝説的なうわさまで流れ始めた。

「校長室で、ホルマリン漬《づ》けになっているのを見た！」

「家庭科室のたなの中にあった！」

「音楽室の用具倉庫にかくしてある！」

しまいには「実は美術室のダンテ像の中身には、本物の人骨《じんこつ》がうめられていて、夜な夜な校内を徘徊《はいかい》している！」なんていうのまで出現する始末。

いま思えば、笑い話にもならないようなものだが、当時の子どもたちにとっては、どれもが〝リアルな恐怖《きょうふ》〟であり、中にはうわさのある場所には、ひとりで近寄れないなんて子まで出始めた。

そんなある日のこと、わたしはS先生から、ひとつの用事をおおせつかった。

「理科室から一〇〇ミリリットルのメスシリンダーを五つ、職員室に運んでおいてくれないか」

理科室といえば渦中《かちゅう》の場所。しかし、まだ転校から日が浅いわたしに、同行してとたのむような友人はいない。

時間は六時間目が終わってしばらくたっていたため、おそらく夕方の四時半くらいだったように記憶《きおく》している。

きれいにみがかれたタイルの上を歩く、自分の足音だけが、妙《みょう》にヒタヒタと鳴りひびく。

まるでこの世界には、自分ひとりしかいないかのような錯覚《さっかく》におちいってくる。

いちばん上の階まで上がり、ホールを横切って、いくつかのろうかの角を曲がる。

その先に、まっすぐにのびた、ろうかが現れる。理科室はそのつきあたりにあった。

肝《きも》をすえて歩を進めるが、先生に預かったかぎの束が、いつの間にかじっとりと汗《あせ》でしめっている。

なんとかつきあたりまでたどり着き、かぎをドアノブに差しこもうとするが、なん本もぶらさがったかぎの束のうち、いったいどれが〝あたり〟なのかがわからない。

「あれ？　確か赤のテープが貼《は》ってある……いや、青だったたっけ……？」

物覚えが悪いのはいまも変わらない。

あれこれやってはみるが、なかなか〝あたり〟にたどり着かず、わたしは内心いらいらしていた。

（こりゃあ、先生に聞きにもどった方が早いな……）

そう思って、わたしは、とりあえずその場を立ち去ろうとした。

そのとき、ふとあるものに目が行った。

理科室の左側に隣接《りんせつ》する形で設けられた、理科準備室。

ちょっと動いて立ち位置と視点《してん》を変えると、準備室の入り口にあるガラス窓《まど》から、中に置かれた、さまざまな動物たちの剝製《はくせい》が見えることに気付いた。

それまで剝製《はくせい》といえば、自宅《じたく》にあるムツオビアルマジロしか知らないわたしは、めずらしい動物たちの標本に、しばらく、くぎ付けになってしまった。

エゾフクロウ、オジロワシ、ハクビシン、キタキツネ……どれも見たことのない動物ばかり。

まるで動物園にいるようで、楽しくて、その場所にまつわるおかしなうわさなど、たちどころにふき飛んでいた。

（あ！　かぎ……）

わたしが、とつぜん、現実に立ち返り、急いでその場をはなれようとしたときだった。

視界《しかい》の右はしあたりで、なにかがかすかに動いたように感じて、わたしは固まった。

反射的《はんしゃてき》に目を向けた先……それは、さまざまな実験器具が並《なら》べられた、たなのいちばん上に置かれたひとつの木箱だった。

いままさに、そのふたがかすかではあるが、開いたり閉《し》まったりしているのが確認《かくにん》できる。

人間というのはおかしなもので、そうなるとそこから目をはなせない。

まるでその箱の中に、小動物かなにかがいて、それが必死におし上げているかのように、不規則に、カタカタとふたがうき上がっているのだ。

「うわああっ!!」

そこに尋常《じんじょう》でないものを感じたわたしは、一目散に職員室に向けて駆《か》け出した。

中へ飛びこむと、S先生は数人の先生たちと談笑《だんしょう》していたが、すぐにわたしに気付いた。

「なんだ中村、いったいどうした!?」

わたしは、はずんでいた息を落ち着かせ、いま見たことをくわしく話した。

すると、その場にいた先生たちの顔色が、一気にさっと変わったのを、いまでも覚えている。

しかし、S先生だけは、なんだかしらけた顔をしていた。

「気のせいだ、気のせい！　なにかを見まちがえたんだろう？」

そういって、先生はまったく取りあってはくれなかった。

翌日《よくじつ》、S先生は四年生全員を一堂に集め、こういい放った。

「いいかおまえたち！　この世に科学で解明できないことなんかない！　最近くだらないうわさを流す者がいて、昨日も、ある者が職員室に飛びこんできた。

こわいこわいと思っていれば、どんなものでもこわく感じられ、実際にはないものまで、見たように錯覚《さっかく》してしまうんだ！

いいか！　今後いっさい、そのようなうわさは絶対流さないように！」

そして、最後にこうしめくくった。

「いまから、ひとクラスずつ全員に、その問題になっている人骨《じんこつ》を見せる。一組から順番に理科室にきなさい」

そういうと先生は学年集会を閉会《へいかい》させ、わたしたちは、いったん、それぞれのクラスにもどらされた。

数十分後、自分たちのクラスの順番が告げられ、こわいもの見たさのかたまりが理科室へと向かっていく。

「いいかおまえたち。これからみんながさわいでいる、本物の人骨《じんこつ》を見せる。この世にそんなうわさにあるようなおそろしいことなど存在《そんざい》しない！　ということをちゃんと知ってほしい。

この骨《ほね》は、ある教育熱心な学校の校長先生が、『わたしが死んだら骨格《こっかく》を標本にし、子どもたちの教育に役立ててほしい』と遺言《ゆいごん》を残され、それをまっとうした善意《ぜんい》の結晶《けっしょう》なんだ。おまえたち、失礼なことをいってると、それこそ、ばちがあたるぞ！」

そういうとS先生は、教壇《きょうだん》の上に置かれているものにかけられた、白い布をはぎ取った。そこから現れたのはひとつの桐《きり》の箱。そう。それは昨日見た、あの木箱だった。

あの日職員室で見た、一瞬《いっしゅん》にして変わった先生たちの顔色……。

たびたびわたしの夢に現れた、宙《ちゅう》にうかぶ頭骨《とうこつ》……。

そして、自らふたを開けようとする、桐《きり》の箱……。

これらはいったい、なにを意味するのだろうか。


それから数十年後のことだ。

わたしはひょんなことから、同じ小学校を卒業した、鈴木《すずき》という人物にめぐり合う。

彼《かれ》は都内にあるアパレルメーカーに勤《つと》めていて、わたしより五歳《さい》ほど年上だった。

同じ小学校を卒業したという、極《きわ》めて確率の低いことに喜び、それからなんどか飲食を共にする機会があった。

なんど目かの食事のあと、彼《かれ》の口から思ってもみない、衝撃的《しょうげきてき》な事実を聞かされた。

「正門をくぐると、二階の正面玄関《げんかん》に上がるための、幅広《はばひろ》い階段《かいだん》があったの覚えてるか？」

「もちろん覚えてますよ！　とちゅうにおどり場がある、大きな階段《かいだん》ですよね？」

「そうそう！　あれは……おれが一年生のころだったたっけなぁ。いやあ、あのときは、まじでびっくりしたっけ……」

鈴木《すずき》さんが遠い目をしていう。

「あの階段《かいだん》で、なにかあったんですか？」

「あったなんてもんじゃないよ！　骸骨《がいこつ》だよ骸骨《がいこつ》！」

「……えっ!?」

鈴木《すずき》さんの思いもよらない言葉に、わたしは、持っていたグラスを落としそうになった。

「あれはいまでも忘《わす》れないけどさ、おれたちが放課後、あの階段《かいだん》で遊んでたんだよな。ああほらほら、あの階段《かいだん》って、下が空洞《くうどう》になってて、人がたくさん入れるような、広めのスペースがあったろ?」

「はい、それも覚えてますが……」

「あの下が土になっててさ、みんなであの下に入りこんで、土ほじくって遊んでたのよ。ものの十センチも掘《ほ》ったころだったかな。なんだか茶色っぽい、妙《みょう》なプラスチックみたいなのが沢《たく》山《さん》出てきたんだ。最初は気にしなかったんだが、とうとうおれが〝頭〟を見つけちまった」

「……頭骨《とうこつ》」

「そうそう!　もうそれから大さわぎになっちゃってな。警察《けいさつ》はくるわ、新聞記者はくるわで大騒動《おおそうどう》だよ」

「な、なんで、そんなところから人骨《じんこつ》が……」

「あれ?　聞いてないのか、あの学校の歴史?」

「ぜんぜん知りません」

「元々病院のあと地なんだそうだ。まぁ、戦争していたころのことだろうけどな……」

その話を聞いた数年後、〝本物の人骨《じんこつ》を使って授業をしていた〟として、北海道内の中学校教諭《きょうゆ》数名が検挙された。そのときの新聞記事や、テレビのニュース映像《えいぞう》に映《うつ》し出されていたのは、まさにあのときの桐《きり》の箱だった。

自らふたを開けようとする、桐《きり》の箱……。

本物の人骨《じんこつ》を教材とすることは、きちんとした手続きをすれば、違法《いほう》ではない。ただあの骨《ほね》は、S先生のいっていた通り、本当に〝善意《ぜんい》の結晶《けっしょう》〟なのだろうか。もしそうでないとしたら、いったい、あの骨《ほね》はどこのだれなのか？

鈴木《すずき》さんの話にあった、階段《かいだん》下から出てきたそれだったのではないだろうか……。

骨《ほね》の主に対し、一日も早い安住と心からの冥福《めいふく》を祈《いの》りたい。

となりの住人

東京・中野区にすむ友人・佐藤《さとう》の家での話だ。

いまから十数年ほどまえのこと、佐藤《さとう》からとつぜん、電話があった。

「今夜、カキなべでもしようかと思ってさ」

「それを自慢《じまん》するために、わざわざ電話を?」

「いやいや、おまえをさそってんじゃんかっ!」

いじるのはそのくらいにして、わたしは、ありがたくおじゃまをすることにした。

佐藤《さとう》の自宅《じたく》は、〝幽霊《ゆうれい》が出る上、障《さわ》りも出る名所〟として名高い、哲学堂《てつがくどう》公園のそばにある。

〝障《さわ》り〟というのは〝霊障《れいしょう》〟のことだ。

わたしの家から佐藤《さとう》の家まで、小一時間。とちゅうのコンビニでビールなどを買いこみ、カキを目指して先を急ぐ。考えてみれば、佐藤《さとう》の家へ行くのは、それが初めてだった。

着いてみておどろいた。

（いまだにこんな借家があるのか……？）

そう思うほど、昭和というより大正時代の、妙《みょう》な具合の和洋折衷《せっちゅう》の建物。しかも周囲は、草ぼうぼう、都内とは思えないような雰囲気《ふんいき》だ。

戸建の二軒《けん》の家が、背中《せなか》合わせにくっついている、そんなイメージだ。

「マ、マンションだとばかり思ってたよぉ……」

佐藤《さとう》の家に入るなり、わたしは正直にいった。

「ぼろくて、びっくりしたっしょ？」

「あ、味があって、いいんでないの……」

それから、たわいない話をしながら、ふたりでカキなべをつついていると、いきなり佐藤《さとう》が口火を切った。

「ここねぇ、出るんだよ」

「げほっ、ごほっ！　なっ、なにがよっ!?」

熱いカキが、わたしののどに吸《す》いこまれ、あやうくやけどするところだった。

「出るっていったら……あれしかないっしょ」

「あのな、おれは別に、そういう話を集めているわけではないのだよ……」

わたしがそういったときだった。

どこからともなく、ザザァーッと、トイレの水が流れていく音がする。

続いてバタンッと、ドアを閉《し》める音。

「かべうすいからさ、なんでも、まる聞こえなんだぁ」

佐藤《さとう》がのんびりした声でいった。

「うーん、しかしおとなりのトイレの音は、聞きたくないよねぇ」

「確かに」

そういってふたりで笑った。

このまま長居をしてはきっと、いや絶対に、また〝出る〟話になる。わたしはさっさと切り上げて、このへんでおいとましようと立ち上がった。

「さて……っと。そろそろ帰るわ」

「……そうか。泊《と》まっていかんのか？」

「泊《と》まるかっ!!」

「じゃあそこまで送っていくよ」

佐藤《さとう》といっしょに玄関《げんかん》を出たわたしは、妙《みょう》なことに気付いた。

さっきまでトイレの音がしていたおとなり……。まだ十時手まえだというのに、明かりが点《つ》いていない。

いや、明かりどころか、よく見ると、ガラスはそのほとんどがわれ、玄関《げんかん》の引き戸には厳重《げんじゅう》に板が打ち付けられている。

「な、なんだ？　これ、だれも住んでいないんじゃ……」

「あのトイレの音さあ……毎晩《まいばん》、聞こえるんだぁ……」

それ以来、佐藤《さとう》の家には行っていない。

床上浸水《ゆかうえしんすい》

その日は、仲間数人で友人の家に泊《と》まり、翌朝《よくあさ》から、近くの渓流《けいりゅう》へ釣《つ》りに行く予定だった。

夜は、男同士の話に花をさかせ、飲み明かしていた。

午後十一時を回ったころだったろうか。とつぜん、強烈《きょうれつ》な稲光《いなびかり》が走った。と同時に、文字通りのゲリラ豪雨《ごうう》におそわれた。

「外、ものすげえことになってるぞ」

「このボロ家、流されねえだろうな?」

泊《と》まらせてもらっているくせに、家主に平然と失礼なことをいう。そのときはまだ、そんなじょうだんをいう余裕《よゆう》があった。

そのうちに、なんどか停電に見まわれた。

その都度クーラーが停止し、男だけのむさ苦しさが倍増する。

「まあ、そのうち止《や》むんじゃね？」

だれかがそういうと、ひとり、またひとりと、ごろごろと横になり出した。

仕事のつかれも手伝ってか、はげしい雷雨《らいう》の音を聞きながら、わたしもいつしか、うとうとしていた。


「……ない　……ぶない……　げなさい……」


それはとつぜん聞こえた。

まるでわたしの頭の中に、直接ひびいてくるかのような声。

優《やさ》しい女性の声だった。

そのとたん、わたしは猛烈《もうれつ》な胸《むな》さわぎがし出した。落ち着こうと、起き上がってタバコに火を点《つ》けようとした。

「なあ、いまの声ってだれだよ？」

そういって、わたしのとなりで寝《ね》ていた香川《かがわ》が起き上がる。

「おう、おれも聞こえた！　あぶないって……」

「おれは『にげなさい』って聞こえたぞ！」

次々みんなが起き出した。

「ちょっと待て!!　シッ!!」

家主が、床《ゆか》に耳をつけたままそういった。

「……水が……水が流れてる音がする……」

その場にいた全員が総毛立つ。

急いで窓《まど》から外をのぞくと、周囲はまるで海のようになっている。

その家が建っているのは、極端《きょくたん》に低い場所ではなかったが、すでに庭のぬれ縁《えん》が水につかっている。

「おい、まずいぞ!!　大事なもの大事なもの！　ほ、保険証とか通帳とか！　とにかく全部バッグに入れて、避難《ひなん》できるようにしろ！」

わたしの声を合図に家主は駆《か》け出し、おくの部屋から取ってきたスポーツバッグに、通帳や印鑑《いんかん》、保険証書などをおしこんでいく。

「やばいやばい！　おくの部屋はたたみから水がしみ出してるぞ！」

「早くにげよう、たしか裏《うら》にがけがあったよな!?　あれがくずれたら一巻《いっかん》の終わりだ!!」

口々にみんながいった。

「ちょ、ちょっと待て！　待ってくれ！」

そういうと家主は、再びおくの部屋へ走っていった。

「なにやってんだ！　早くしろっ！」

香川《かがわ》の言葉に、家主が答える。

「位牌《いはい》だ……おふくろの……」

みんな背《せ》の高い４ＷＤに乗っていたため、車はまったく被害《ひがい》を受けていなかった。全員で一目散に車に乗り、高い場所を目指す。

少しはなれた台地に避難《ひなん》し、車を降《お》りて、状況《じょうきょう》を確認《かくにん》する。

すこしまえまでいた家は、まさに軒《のき》まで水に飲みこまれようとしていた。

「おふくろの声だったなぁ……」

消えゆく生家をながめながら、家主がつぶやいた。

「……そうか」

「ああ」

我々《われわれ》を救ってくれた、あの優《やさ》しい声は、わたしも忘《わす》れられない。

人形の家

これはわたしが小学四年生のころの話だ。

北鎌倉《きたかまくら》にある親戚《しんせき》の家に泊《と》まりに行くのが、毎年夏にやってくる最大の楽しみだった。

母親の遠縁《とおえん》らしいのだが、とにかく大きくて、古い家だった。

部屋の周囲を取り巻《ま》くように回り縁《えん》がある。

建物を囲む庭園は、専属《せんぞく》の庭師が整備し、その中央にある池には、大きな錦鯉《にしきごい》が悠然《ゆうぜん》と泳いでいる。苔《こけ》むした石積みに、風情《ふぜい》のあるししおどし。

そのすばらしい風景は、なんども著名《ちょめい》な写真家が撮《と》った写真集に納《おさ》まったという。

その家には正臣《まさおみ》という、わたしと同じ年の男の子がおり、近くのタマネギ畑をほじくり返したり、近所の犬の毛を刈《か》ったりと、ふたりでやんちゃな少年期を過ごしたものだ。

そこに住む親戚《しんせき》たちも、みんな大変大らかな人柄《ひとがら》で、我々《われわれ》をしかり付けることもなく、いつもにこにこと笑って見ている。

わたしは、そんなぬるま湯のような、ほんわかと温かいその家が大好きだった。

ところが、その家にはひとつだけ、変わった趣味《しゅみ》があった。

人形。

家中のいたるところに、造り付けの人形専用《せんよう》だなが設けられており、中には古めかしい日本人形がところせましと置かれている。

てのひらにのるような小さなものから、当時の我々《われわれ》の身長を軽くこすようなもの、きれいな十二単《じゅうにひとえ》をまとっているかと思えば、土にまみれた農民を模《も》したようなものもある。

中には、本などでしかお目にかかれないような、からくり人形や、手や首などの人形の一部のパーツまで置いてある。

いずれもガラスケースに収《おさ》められ、家人からは〝絶対に手をふれないように〟と、厳《きび》しくいわれていた。

いわれるまでもなく、わたしは人形に特別、興味はない。

しかし、その家にあるおびただしい人形の中にあって、たった一体だけ〝気になる〟存在《そんざい》があった。もちろん〝いい意味で〟ではない。

わたしがその家に泊《と》まりにいくときは、いつも同じ部屋を寝室《しんしつ》としてあてがわれた。庭園に面した角部屋で、その部屋に面したろうかの角に、〝それ〟は置かれていた。

そこを通るだけで鳥肌《とりはだ》が立つ、なんとも忌《い》まわしい気を放つ人形……。

それは、身の丈《たけ》一メートルほどの和製の操《あやつ》り人形だった。

「なにがどうこわいんだ？」

家の者は、みんなそういった。

わたしにも特別な理由など見つからなかった。ただこわいものはこわいのだ。

だからその場所を通るときには、わたしは、いつも一瞬《いっしゅん》、目を閉《と》じて行き過ぎるように心がけていた。

ある日のことだ。

朝から正臣《まさおみ》と、歯をみがく順番でけんかになった。

いま思えば実にささいな理由なのだが、少年だった我々《われわれ》にとっては重大な事件だった。

口もきかなければ、目も合わせない。たがいに横にも行かなければ、食事も別。

そんな重苦しく、険悪な空気が延々《えんえん》と続き、いつしか時計の針《はり》は夜六時を指している。

一家のそろう夕食は、さすがに同じ席につくことになったが、正臣《まさおみ》がとつぜんこんなことをいい放った。

「お母さん、今日は、ぼく自分の部屋で寝《ね》るから！」

正臣《まさおみ》はわたしが泊《と》まりにいったときだけ、例の角部屋でいっしょに寝《ね》ていた。

無用に広く、例の人形がそばにいる部屋で、ひとりで寝《ね》るのはおそろしい。

でも仮にも男の子が、それをあからさまにいうのははずかしく、「臣《おみ》ちゃん、いっしょに寝《ね》ようね」と、いつもさそっていた。

思い返すと、正臣《まさおみ》はそれに気付いていたのだろう。

（うわあ……今日はひとりで、あの部屋に寝《ね》るのかよ……こえーよぉ！）

さけぶ寸前《すんぜん》だったが、わたしの意地っ張りな性格は、そのころから変わらない。

正臣《まさおみ》に「けんかしてごめん」とも、「いっしょに寝《ね》よう」ともいえず、結果、〝あれ〟が間近にいる部屋で、その晩《ばん》は、ひとりさびしく寝《ね》ることとなった。


北鎌倉《きたかまくら》の夜は早い。

わたしたちが床《とこ》につく時間には、まるで家中の時が止まったかのように、周囲がしーんと静まり返ってしまった。

それでなくても、だだっ広い家の、だだっ広い部屋。

天井《てんじょう》の中心から下がった旧式の照明に、小さな常夜灯だけがぼんやりと光っている。

と、そのときだった。


ギッ！　……イッ……イィィィィィィ……

（あっ！　ろうかにある人形ケースのガラス戸が開いた!!）

不思議だが、瞬間的《しゅんかんてき》にわたしは、それを直感した。

ゴトッ!! ……ゴッ……ゴツッゴッ……ゴツッ……

続いて聞こえてきたのは、なにかがそこから飛び降《お》りて、ゆっくりとろうかを歩いてくる……そんな感じの音だった。

(わあああああああっ!! なんかこっちくる! こっちくるううううっ!!)

そう思ってろうかに背中《せなか》を向けようと、急いで寝返《ねがえ》りを打った瞬間《しゅんかん》!!

ゴツッ!!

「あいたっ!」

なにかえらくかたいものに、強くおでこをぶつけ、わたしは思わず声が出た。

目のまえに……なんとあの人形がいる!

あの人形が、いつの間にかわたしのすぐとなりに、しかも同じ布団《ふとん》の中に横たわっている。

「うわあああああっ！！！」

声にならない悲鳴を上げ、わたしは布団《ふとん》から飛び出した。すると……

ガチャッ……ガチャガチャガチャガチャガチャガチャ!!

いつの間にか布団《ふとん》の上で半身を起こしているその人形が、とつぜん大きくふるえたかと思うと、今度はひざを使ってすごい速さで近付いてきている。

「うわ！　うわ！　うわっ！　こっ、こないでえええぇぇ!!」

涙《なみだ》ながらの懇願《こんがん》も空《むな》しく、人形がすぐ眼前までせまり、わたしは思わず目を閉《と》じた。

……？

動く気配が止まった。そう思い、おそるおそる目を開けた瞬間《しゅんかん》。

「ギョ――――ッ!!」

それは先ほどまでの、いや、いつも、あのたなに入っているときの、人形の顔ではなかった。大きく耳元まで裂《さ》けた口、その真っ赤な口の中に、するどい牙《きば》まで並《なら》んでいる。

「わあああああああああああああっ！」

気がつくと朝になっていた。

とにかく、少しでも早くみんなのところへ行きたくて、わたしは目覚めた瞬間《しゅんかん》、ろうかに出ようと障子《しょうじ》に手をかけた。

「ありゃりゃあ……」

親戚《しんせき》のじい様の声がする。

「まぁた、こいつは……まったくしょうがねえなぁ！」

障子《しょうじ》を少し開けて、わたしは声のする方をのぞき見た。

なんと、じい様が、両手にあの人形をかかえている。

「わああ、おじいちゃん！　そ、その人形はっ！」

「おお、マー坊《ぼう》、早起きだな。あはは、えらいえらい。こいつは、この家の先々代が大事にされてたものでな。いまや国宝《こくほう》級の代物《しろもの》だぞ」

「でっ、でも、そっ、その人形は、さわらない方が……」

わたしはなんとか、声をしぼり出した。

「うん？　いやいやちょっとな、位置がおかしな風にずれていたので、直しておったんだ。そういえばマー坊《ぼう》は、まえからこれがおそろしいといってたな。どれ、ちょっとこっちへおいで……」

「……」

無意識に体が拒否《きょひ》して、言葉が出ない。

「だいじょうぶじゃ。なにも食いつきゃせん」

そういうと、じい様は、その人形をひょいとうしろ向きにしてわたしに見せた。

「ほれ、ここが……この部分が見えるかな？」

指し示す場所に目をこらすと、なにやら首の付け根あたりに、木の取っ手らしい出っ張りが見える。

「いいかな。これを……こうすると！」

次の瞬間《しゅんかん》、〝かしゃり〟という小さな音がして……

「わああっ!!」

わたしは飛び上がった。

それまでは白ぬりのお姫様《ひめさま》だった人形の顔が、まったく別の化け物へと変化したのだ。

まさしく昨夜、わたしにせまってきたあの顔だった。

「うちの先々代は、著名《ちょめい》な傀儡師《くぐつし》、つまり人形つかいだったと聞く。これは、人の心が鬼《おに》へと移り変わる様を演じた、『ガブ』という特別なからくり人形だ。

おまえがこれをおそれるのは無理もない。いろんな役を演じてきた人形じゃからな。きっと、それ相応の『想《おも》い』が取り憑《つ》いておることじゃろう」

それ以来、わたしがその家へ行かなくなったのは、いうまでもない。

青山という男

一九八二年春。

このわたしも、まだ十八歳《さい》という、若《わか》さまっただ中で、やんちゃのしほうだい。

まわりは悪友ばかりだったが、その中に青山という、ひときわ悪いのがいた。

凶暴《きょうぼう》な性格、声はガラガラ、強面《こわもて》、その上、頬《ほお》と額には大きな傷《きず》まであった。

青山は、ふだんから寡黙《かもく》な男で、余計なことは、いっさい口にしない。

暴れ出すと、まわりのことが目に入らなくなり、まるでそれは鼻先をアブに刺《さ》された暴れ馬のようだった。

こんな調子なので、暴力団のような組織から、甘《あま》いさそいもあったようだが、青山は頑《がん》として、そのようなさそいに乗ることはなく、鉄筋《てっきん》工事の作業員として働いていた。

そんな青山に彼女《かのじょ》ができた。

みちるちゃんといい、青山の職場に、毎日弁当を運んでくる仕出し屋さんの娘《むすめ》で、いたってふつうの女の子だ。

わたしは、みちるちゃんに、こんなことをたずねたことがある。

「青山といて、楽しい？」

すると彼女《かのじょ》は、満面の笑《え》みをうかべてこういった。

「ものすごく楽しいよ！」

「でもあいつ、なにもしゃべらんでしょう？」

「……うん。でもそばにいると温かいんだ……」

それでいいんだとわたしは思った。

ふたりがいいなら、わたしは、ただそれを祝福してやろう、そう思っていた。

元々仕事にはまじめに取り組んでいた青山だが、彼女《かのじょ》ができたとたん、それまでにも増して、仕事に心血を注ぐようになっていった。

それから半年あまりも過ぎた、ある大雨の晩《ばん》、青山がとつぜん、わたしを訪《たず》ねてきた。

ぽたぽたとしずくがたれるほど、ずぶぬれのまま、うちの玄関先《げんかんさき》にずぼっ……としたようすで立っている。

「なんだ、青山、かさどうした？　かぜひくじゃねえか、とにかく中、入れや」

わたしは青山を招き入れようとしたが、彼《かれ》は微動《びどう》だにせず、とつぜんこういった。

「おまえ、おれのダチだよな」

「はぁ？　いまさらなにいってんだ！　そんなこと、決まってるじゃ……」

「親友！　……だと思っても構わんか？」

わたしの言葉をさえぎって、青山は語気を強めていった。

「お、おう、もちろんだよ。なんだおまえ、いきなりきて、なにいって……」

「子どもができた」

「な、なに！　まじかよ！　よかったじゃねえか！」

わたしがそういうと、ほんの一瞬《いっしゅん》だったが、口元に笑《え》みがうかんだように見えた。

「とにかくよ、それ全部ぬげ！　おれの服貸すから、なっ！　ほら早くしろよ。かぜひいちまうよ！」

そういってわたしは、彼《かれ》に貸す着がえを取りに、おくの部屋へ向かった。

たんすを開けてスウェットの上下とパンツを取り出し、そのままバスタオルを取りに洗面所《せんめんじょ》へ行った。

すると玄関《げんかん》から青山の声がした。

「中村ぁ、いろいろありがとな」

「おう！　気にすんな気にすんな」

そう返しながら、玄関《げんかん》へ向かうと……そこに青山の姿《すがた》はなかった。

わたしはあわてて着がえを床《ゆか》に放り出し、ドアを開けてあとを追おうとしたが、真っすぐのびるろうかには人の気配はまったくなかった。

「なんだ、あいつ、人が折角《せっかく》……」

ルルルルルルルルルッ……ルルルルルルルルルッ……

ひとりごちてドアを閉《し》めたとたん、今度は部屋の中で、電話が鳴り出した。

「はい、もしもし！　ああ、みちるちゃんか。たったいま、青山が……な、なんだって!?

ちょっと待て、なにいってん……」

みちるちゃんは号泣《ごうきゅう》していた。

わたしも膝《ひざ》がくだけそうになった。声が裏返《うらがえ》って、自分でも情けないような声になっている。

外の雨にも負けないくらい、どこの滝《たき》にも負けないくらい……涙《なみだ》がとめどなく出てくる。

そしてそれは止《とど》まるところを知らなかった。

「まぁちゃん……うちの、ひ、ひとね、車にはねられて……そっ、そっ……即死《そくし》だっ……」

「ふざけんなっ、うそだっ！　あいつはそんなんじゃ……そんなことじゃ、死なねえんだよおぉぉ……」

自分でも、変なことをいっているのは、わかっている。それでも、受け入れることなんかできなかった。思いつく限り、なんでもいいから言葉をはき捨《す》てたかった。

わたしは、受話器をたたき付けると、かべにかけてあった、車のかぎをひったくってろうかに出た。

そこで気が付いた。

足あとだ。雨にぬれた青山の足あとがくっきり残っている。

でもそれは、外からこの部屋へと続く足あとだけだった。一方通行で、帰っていった形跡《けいせき》がない。


「親友！　……だと思っても構わんか？」

「中村ぁ、いろいろありがとな」

青山の声は、いまもわたしの耳に鮮明《せんめい》に残っている。


みちるちゃんはその後も結婚《けっこん》はせず、女手ひとつで立派《りっぱ》に子どもを育て上げた。

先週久しぶりに彼女《かのじょ》から手紙が届《とど》いた。

〝今年三十三になった息子《むすこ》がね、いまはアメリカの〇〇本社に勤務《きんむ》しているの〟

だれもが知っている大手有名会社に勤《つと》めている、そう書かれてあった。

生きろ

十数年まえ、土木工事会社を経営していたわたしは、ある元うけ業者に数千万円を持ちにげされてしまった。

その人物を追いかけようにも、数日後、その男は、富士の青木ヶ原樹海《あおきがはらじゅかい》で木からぶら下がっている姿《すがた》で発見された。

取引先への支払《しはら》い、社員の給料……頭の中をさまざまな問題が渦巻《うずま》き、数日間、ねむれぬ夜が続いた。

悩《なや》みに悩《なや》んだ挙句、わたしはひとつの答えを出した……自殺。

いま自分が死ねば、自らかけた保険金がおりる。それですべてがクリアになる。

当時、わたしはひとり身。せいぜい、おふくろが泣いてくれるだろうか……。

そんなことを思いながら、わたしは、自分が死んだあとのさまざまな対策《たいさく》を一枚《まい》の紙に記し、わたしをこんな状況《じょうきょう》に追いやった、あの男が命を絶った同じ森へと向かった。

とちゅうの金物屋でロープを購入《こうにゅう》。酒屋で安いウィスキーを買った。

富士《ふじ》ケ嶺《がね》のあたりまできて、車を停《と》められそうな場所を探《さが》した。

あとからあとから涙《なみだ》があふれて、止まらない。

昔、遊んだ友だちの顔。みんなで歌った〝もみじ〟や〝ふるさと〟。優《やさ》しかった母の顔。ばあちゃんが作ってくれた煮《に》っ転がし……。

矢継《やつ》ぎ早《ばや》に頭にうかんでは、消えていく。

そのすべてにふたをする決意で、ここへきたはずなのに、ぬぐってもぬぐっても、あふれ出る涙《なみだ》で、袖《そで》はぐしょぐしょになっていった。

そのときだった。

「車止めろ！」

どこからともなく声が聞こえ、ものすごくおどろいた。

それでもなお、車を走らせていたら、今度はいきなり頭をなぐられた。

もちろん、車にはわたしの他《ほか》、だれも乗っていない。

「聞こえねえのか！　車止めろっていってんだよ!!」

ふたたび、はっきりとどなられ、たまたま見つけた駐車《ちゅうしゃ》スペースに、わたしは車を停《と》めた。

すると今度はすぐ真横から声がした。


「生きろ!!」


兄だとわかった。

わたしが生まれる二年まえのクリスマスの日、生後五日で亡《な》くなった実の兄。

自分の命は、兄とふたり分であることを、わたしは忘《わす》れていた。

タバコを一本吸《す》い、外に出て空気を吸《す》い、それから、わたしは家へ向かって車を走らせた。

そのあとは転機にめぐまれ、なんとかかんとか、いまのわたしがある。


兄に感謝だ。

最後に

この本の中には、思わず目を背《そむ》けたくなるような惨状《さんじょう》や、そのような表現がされている箇所《かしょ》が出てきます。読んでいただける方の様々な年齢《ねんれい》を思うとき、そこに配慮《はいりょ》し、表現を変えるべきだったのかもしれません。

しかし現実はちがいます。

たとえこの本の中でそれをかくし、あたりさわりのない言葉づかいでいい表しても、現実は常に過酷《かこく》なものです。それで純然《じゅんぜん》たる「人の死」「人の心」「人の道」を描《えが》くために、あえてこうした表記、表現を用いました。

この日本には、様々なすばらしい文化が継承《けいしょう》されています。歌舞伎《かぶき》、文楽、講談、落語……。それらの中で命を説き、人の情けや魂《たましい》を称《たた》えてきました。

そしてそのすべての文化には、いつの時代も〝怪談《かいだん》〟がつきものでした。怪談《かいだん》を通して「命とは？　人の情けとは？　そして魂《たましい》とは？」と問うてきたのです。

そんなすばらしい継承《けいしょう》があるにもかかわらず、現代《いま》はどうでしょうか？

人の亡《な》くなった場所を〝心霊《しんれい》スポット〟と称《しょう》してあざける、神社仏閣《ぶっかく》にいたずら書きをする、どこへ行ってもスイッチひとつで明かりが灯《とも》り、真の闇《やみ》はどこにも見あたらない……。

そう。本当の闇《やみ》は、人の心の中にのみ存在《そんざい》するようになったのです。

わたしは幼少《ようしょう》のころから、数々の怪異《かいい》を目《ま》のあたりにしてきました。その中には、おそろしいもの、不思議なもの、悲しいものなどが混在し、多種多様な思い出として形作られています。

「なぜわたしなんだ？　なぜいまなんだ？　なぜ……？」

怪異《かいい》に出会うたびに、いく度となく同様の疑問《ぎもん》がわき、答えの出ないことと知りながらも、母に問うてみたこともありました。

そしてその答えが、ここへきてやっと、見えてきたように思えます。

そう。それこそがこの本の存在《そんざい》なのです。

わたしは過去、数々の教育機関に招かれて、〝道徳怪談《かいだん》〟なるものを実施《じっし》してきました。しかし、子どもたちに〝本当の怪談《かいだん》〟を示す機会にはめぐまれなかったように思います。

この本にある数多くの話を、読者が「怖《こわ》い」と感じるか、「気持ち悪い」と感じるか？　そんな中で、もし「なぜ？」と感じる読者がいたならば、わたしの役目は果たされたことになる、そうわたしは考えています。

なぜ彼女《かのじょ》は死にいたったのか？　なぜ彼《かれ》はそこまでのうらみを持ったのか？　そして、なぜこの世に想《おも》いを留《とど》まらせているのか？

すべてを読み終えたとき、そんな多くの「なぜ？」を読者が感じてくれたなら、わたしは嬉《うれ》しいかぎりです。

数百兆分の一の確率でビッグバンが起き、数十兆分の一の確率で銀河系《ぎんがけい》ができ、数兆分の一の確率で太陽系《たいようけい》ができ、数百億分の一の確率で地球ができ、数十億分の一の確率で人間が誕生《たんじょう》し、数億分の一の確率であなたが生まれました。

人を殺しえるほどの苦しみも、自ら命を絶つほどの悲しみも、この途方《とほう》もない数字のまえには存在《そんざい》しない……ということを知っていてほしいと思います。

中村まさみ

北海道岩見沢市生まれ。生まれてすぐに東京、沖縄へと移住後、母の体調不良により小学生の時に再び故郷・北海道に戻る。18歳の頃から数年間、ディスコでの職業ＤＪを務め、その後20年近く車の専門誌でライターを務める。
自ら体験した実話怪談を語るという分野の先駆的存在として、現在、怪談師・ファンキー中村の名前で活躍中。怪談ネットラジオ「不安奇異夜話」は異例のリスナー数を誇っていた。全国各地で怪談を語る「不安奇異夜話」、怪談を通じて命の尊厳を伝える「道徳怪談」を鋭意開催中。

著書に『不明門の間』（竹書房）、オーディオブックＣＤ「ひとり怪談」「幽霊譚」、監修作品に『背筋が凍った怖すぎる心霊体験』（双葉社）、映画原作に「呪いのドライブ　しあわせになれない悲しい花」（いずれもファンキー中村・名）などがある。

●校正　株式会社鷗来堂
●装画　菊池杏子
●装丁　株式会社グラフィオ

怪談 5分間の恐怖　人形の家

発行	初版／2017年2月　第2刷／2017年7月
著	中村まさみ
発行所	株式会社金の星社 〒111-0056　東京都台東区小島1-4-3 TEL　03-3861-1861（代表）　FAX　03-3861-1507 振替　00100-0-64678　ホームページ　http://www.kinnohoshi.co.jp
組版	株式会社鷗来堂
印刷・製本	図書印刷株式会社
	256ページ　19.4cm　NDC913　ISBN978-4-323-08113-7
	乱丁落丁本は、ご面倒ですが小社販売部宛にご送付ください。 送料小社負担でお取り替えいたします。
	© Masami Nakamura 2017 Published by KIN-NO-HOSHI SHA, Tokyo Japan